做天下最好的诗集

落日瑟瑟的响动甚至不使它们惊恐，
刨着草根，没有悲愁侵入心脏，
没有终极的压迫。

你，土拨鼠眼中的怪客，
长出了小丑的犄角，
跌倒时，似井中的泰勒斯，
头上响起色雷斯姑娘的爆笑。

积雪在最后的高坡上，
供养着短暂的夏季。
它们的眼睛在小土丘后面升起，
逍遥，热烈，领受一切，
嚼着草根，从洞到洞，
没有流浪的必要。

海拔之上是宇宙的寂静，
巨人族的夸父来了，
丈量落日与死亡的距离。
当谷底燃起万家灯火，土拨鼠不为所动，
意念专注于草根，直到甘甜涌出。

口信

宋琳 著

江苏凤凰文艺出版社
JIANGSU PHOENIX LITERATURE AND ART PUBLISHING, LTD

图书在版编目（CIP）数据

口信 / 宋琳著 . — 南京：江苏凤凰文艺出版社，2016
ISBN 978-7-5399-8938-9

Ⅰ. ①口… Ⅱ. ①宋… Ⅲ. ①抒情诗–诗集–中国–当代 Ⅳ. ① I227.2

中国版本图书馆 CIP 数据核字（2015）第 277199 号

书　　名	口　信
著　　者	宋　琳
责任编辑	于奎潮　王娱瑶
责任校对	蓝　潮
出版发行	江苏凤凰文艺出版社
出版社地址	南京市中央路 165 号，邮编：210009
出版社网址	http://www.jswenyi.com
经　　销	凤凰出版传媒股份有限公司
印　　刷	三河市华东印刷有限公司
开　　本	880 × 1230 毫米　1/32
印　　张	9.125
字　　数	190 千字
版　　次	2016 年 3 月第 1 版　　2020 年 4 月第 2 次印刷
标准书号	ISBN 978-7-5399-8938-9
定　　价	45.00 元

目　录

辑一(1984—1991)

辑二(1992—1997)

辑三(1998—2003)

辑四(2004—2005)

辑五(2006—2009)

辑六(2010—2014)

辑一

（1984—1991）

第一场雪

黄昏如此美丽因为冬天的第一场雪
我喜欢面对紫色的窗罩默念
并且期待
我喜欢听旧式留声机沙哑的低音
为一场圣洁的降临讴唱晚祷之歌
沙沙沙沙的积雪创造了明媚
创造了交通阻塞的险情
为我的明日留下一行深深浅浅的雪窝
所有人都走出户外去铲雪
看见那诗人气质的呵气我就想起了
绕在脖子上的爱人的手臂
我想起猎人屋顶上温暖的烟囱
狗的舌头像兰草。微笑。理解
多少季节嘀嘀嗒嗒穿窗而去仿佛就是为了等到
第一场雪,第一次爱情的真实萌动
留声机的铜质喇叭开放在她的腰肢
她就在壁炉旁站成了往日的一首流行歌曲
现在我可以把纷扰的记忆裹进呢质大衣
再一次让童贞的雪
注入夜的皮囊
冬天是播种时节是怀孕的时节
我要让红狐狸般跑过窗外的报童在早晨
叫卖一条怪诞新闻

我——

生下了我自己

是在冬天的第一场雪中

1984

情绪:49 号

如果我没有记住他们那是我的耻辱
有人在窗外敲打木板
有人在草帽下梦着在半个太阳里睡眠
胡须很长
有人画过撑在锄把上的下巴
浓密的胡须里的秘密我曾看见
少女拎着木桶走过草地
忧郁的少女是最美丽的
我曾听见她的歌声摇动所有的叶子
有一片叶子名叫惠特曼
惠特曼是一个不坏的木匠
他死去仅为了一片伤心的叶子
而我活着
我记得我见过很多熟悉的面孔
表情里埋着五个不为人知的感官
和一些故事
他们砍起木头来简直不要命
嘴里嚼着草茎又随意吐出一个春天
我看见他们成群结队到最孤独的那座山去
建起一排木屋
我耻辱是因为我逃避了什么
我的宿命应该在那条道路的尽头
在几棵云杉树下
在看不见的地方
有韵味地敲打木板

1985/3/23

致埃舍尔

我想加入世界的角逐
——题记

我从你的背面异乎寻常地看见你的脸
反光球里你眼球的反光
抽着你的雪茄正抽在你嘴里
书房的和平与头发的愤怒
我轻轻地喊了你一声埃舍尔
我曾在哪条街道上看见你
并在你营造的城中城与你面对着喝了一会儿咖啡
一群蜥蜴在阳光下做游戏
另一群僧侣在默祷中上上下下爬楼梯
又幽默地回到原处
坦率地说我同情他们埃舍尔
你不该让他们为难

我想把你称作年迈的怪兽同时又是生活之父
埃舍尔
听见了吗我在你的画廊下想入非非
我梦寐突破人间格局
到你的城廓里退化为一只寄居蟹
用一只长螯张牙舞爪
少女们因为我美丽如自由神如蓝眼珠的飞鸟
煽落白天与黑夜编造的永恒之谜

我渴望充满温情地与你对话埃舍尔
你不是孤独的你有我

但我必须重复那句话埃舍尔
你将不幸,你正不幸
你强有力地打向世界的黑色拳击手套
不偏不倚打中了自己
你脸上的青肿色块其实很像梵高的《星夜》
你只是不便明说而已
最终人们把水车下的瀑布回流鉴定为什么
有谁知道
我经历了千辛万苦踩着你后跟的影子
在上回那条街道又与你奇遇
我十分亲昵地喊了你一声埃舍尔老爹
你却不理我
原来你已在一只空盒里死去良久
百年之后又是谁从背后喊我先生你早
吓了我一跳

1985/3/31

岁月那边

死亡是生命的存在形式

——海德格尔

岁月那边站着三个男人
站在青草蔓延的岸上眼眶被痛苦啄空
鸦群排成黑衣巫师的唱班
为谁而祷?
父亲的棺柩拖在三个男人的影子后面
听得见他的身体发出的裂响
他青筋暴突的太阳穴旁留下一个血斑
那是死神最后的齿痕

天空下走过
三个男人和他们死去的
父亲

男人的可贵和劣性是沉默
沉默是父亲唠叨一辈子的一句话
直到死后才被说出
记住!你们是我的儿子是的我们是你灵魂的
派生物啊父亲
在你苦心经营的种植园里被播撒和被收割
我们是从你威严的胸前逃走的
你的儿子

是三株变种的麦稞

父亲
你是为我们活着又为我们死去的啊
我们遭砍伐的罪责钉成了这具安放你的棺柩
暴露在阳光下

从此我们不再相信
痛苦能够结束痛苦
把你埋到你的种植园去你的理想国去
最后一次用嘴唇触触你的下巴
让你看着我们像你一样躺下
躺成一片规模更大的种植园
你生死的渊源迟早要传染给我们学会怎样去死
深耕之后
耳朵会抽出报应的穗来眼睛会结出麦粒
手指可以喂食
而那句关照儿子的话
只能交给秋天说去

岁月那边三个男人和一个家族的盛衰史
人间业已失传

1985/4/15　清明时节

旭日旅店

一场秋雨把我们困在旅店里
不见旭日,不见旭日
窗外是澹泊的远山。枫林正晚
向隅的简易行囊被雨意尽情涂抹
我们的情绪被渲染,被渍化
又被另一场更大的秋雨
写进山水画境

我们是徒步进山去的

三个黑脸膛的矿工也被困在旅店里了
他们要赶回山那边的竹篑煤矿
他们揉搓着大手诅咒倒霉的天气
诅咒断绝交通的道路
他们的年龄和身高都与我们相仿
但对这场秋雨的率真
却与我们含蓄的嗟叹全然不同

(所不同的是否还有
对某一种距离的理解
对偶然夜宿一处的感遇呢
如同旅店之于远山

一场秋雨之于另一场秋雨）

那一夜我们不约而同想起了梵高
他去过比利时北部的某一座矿山

1985

流　水

跪下的人，从望远镜背后看见天象
一只蝎子倏忽而过，咬住一把石釜，空气在颤动
他手中吉祥的蝴蝶也飞入烟尘
如流水
行止何处呵，蝎子，做客的好人
栈房里堆放着木头，深山的鳞光涂在车轮上
有如张开的嘴
为你的远游点燃火把

给一匹快马洗浴的裸身闯入大海
被谁所摄像？额前挂满了水
城市中动作迟缓的庸人在博物馆的门洞里
等待最后一分钟营救
那马群已死，火车的轮子滑下深谷
是大地在动吗？
太阳在天外啸叫。是天空在动吗？
谁说：要有人，于是就有了人
谁在无声无息中煤气中毒

被遗弃的荒岛周围流水涣涣，吸入我们有罪的身体
我们不知道一切，正如高贵的水漏不知道我们
裹尸布上有一束暗红的花
散落如金
但我们终于记住了，不可能回来的去处，可能回去的

来处

梦中打着手势的呓语，道破玄机
集体自杀的鲸鱼吐出最后一片沙滩
永恒的征兆高挂云帆

但我终于收到了唯一的那封信
邮戳像屁股上的胎记，轻轻托在妈妈的手心
蝎子呵，嫉妒的飞虫
离开你不可占卜的轨道到这里来
我踏上亿万光年的滑梯，从层层脱去的躯壳里
从煤层下的岩洞之门的一道裂缝
妈妈诞生过我的手心也颠覆着我
记住她生前所有的灾难
万象如流水。我们
在眼睛和耳朵之间睡去，因有限而不可企及

1986/5/4

空　白

在那里时间解放了我们。一只翅膀最红，
遮着世界，而另一只已轻柔地在远处扇动。
——埃利蒂斯《勇士的睡眠》

去过的地方离我们并不遥远
憋足了气慢跑就能赶上。一些容颜古旧的鸟
胸脯里装满谷粒
我的口袋里装满了钱
去白得耀眼的房顶上滑雪
跌落时会有一阵恐惧的心跳，脚发软
身体的下面很深
晚上在铁道旁的旅店里光着身睡眠
隔着栅木可以看见
肌肤若冰雪
方寸之间有一丛绒毛粘上福分
与窗外灵性的草没有两样
无声地漫延
直到月蚀，天上出现空白

那一切都挨得很近
火柴和烟斗，腰和臀，宗教和艺术
两个半圆轻轻合起
像下巴上的嘴，用呼吸吹奏死亡
最美的花在城市附近的村舍微笑

没有人知道她的身世
父王的脑髓被神明点了天灯
我想起枫丹白露之夕
画匠们拖着雪橇云集，争论什么是空白
房客有了主人——这是我的财产
你们随便使用吧
午夜的另一面是墙壁，突破
你可以继续赶路
我把手枕在头下，身体便缓缓飘过
所有去过的地方
城市的停尸房里有我的熟人
绰约若处子
可怜的脚涂满了泥巴，手松开一片死光

1986/6/2

城市之一：热岛

少女月潮引来城市旱季的红雨
眼睛从海底浮向沙面
在人的两个洞穴里沦为发光的天体
被命名所误解
那河源的误解由来已久了
纹身之谜蛀空了你的五腹
外表依然装饰得华贵——去快餐厅吃高蛋白的蜗牛
去沙滩上崇拜阳光和性征
侵犯最深处的自由
城市人
实验室里的一只白鼠为文明流泪
猎鹰的父亲走向高山上的莽林
建立一个人的哲学
热岛在飘移
抓不住悬梯的溺水者被甩下
成为唯一的幸存者
热岛不在飘移中沉没
就在最后一秒钟返回

1986/6/5

仿佛走在去大马士革的路上

仿佛走在去大马士革的路上
你是我的包裹，钟声放逐河流和云朵
你是甩不掉的、任性的一个女孩

围着篝火跳舞的尘埃
在落日城堡，我们的爱坠向死亡
穆罕默德的鹰垂下眼泪。

从这条颠踬的路上不住地回头
城市变成了火海，人人都在逃走
你看我怎样捉住一缕空气

我捉住你，活泼的小海妖，你不可能
挣脱，不管你多么会诱惑
一边说着谎一边又海誓山盟

大马士革在变小，风呼啸
山地的上空刺骨而热烈
一不小心就会撞上木星的花环

你将被带到宇宙的角落里，就像上星期
我们横穿了半个月亮的沙漠
呼救的风信子开满陌生的墓地

不要回头，不要落下，我的女孩
有灯塔的地方就有狂暴的海
有一条鳄鱼就有一个杀死鳄鱼的保罗

不要忧伤，不要哭泣，我的女孩
我们共同的保罗站在路边，扛着船桨
而恐惧有一张司芬克斯的脸

1988

漫步玫瑰长堤的午后

1

不存在命名之外的玫瑰长堤，
正如不存在我想象的遗体，
他眺望一艘西渡的船。多年前
抽身到这里，当植物的肉冠颤抖。

2

玫瑰也不是现实的那种，
我拥抱过最小的，并散开她的头发，
芳香侵入我瓦解我。江面开阔，
其余的姐妹全体逃之夭夭。

3

汽笛声声，你从歌唱变为哭泣，
哭泣着，像花枝摹仿婴儿而哭泣。
我该小心，不退让，也不碰伤，
露渗出你火红的萼与蕊。

4

玫瑰的声音，两种乐器的声音，
从闷热的七月到九月，
靠眼睛传递的火在心中消隐，
而雪的天国是否在十二月降临？

5

爱是死亡的美丽的使者，
坐在镜子前，我们中间，
用睫毛打量，用梦呓招呼，
领我们涉过太阳下汹涌的江流。

6

白鹭飞去又飞来，空中的消息树，
让它们栖居到赴死的一天。
我只在瞬间，从长堤上接住
天使在午后的一个眼神。

7

青春的渴，嘴唇的渴。雨中，
你眼睛的黑葡萄闪闪烁烁，
低着头，手指旋转着一枚纽扣，
突然的慌乱更助长了你的美。

8

消磨着这共同的悠闲时光，
我是悠闲的渔夫的一秒，水上的浮标。
群山走向浩茫的心思，
快乐的鱼在鱼漂前行止。

9

你的躯体属于一个侧面的梦，
一个梦挽留的白昼。我该用什么
来把你比喻？有时这样，有时那样，
你任性如风，严肃如女祭司。

10

让我告诉你什么是隔雾看花，
握住玫瑰的手被玫瑰烫伤；
让我返身于黑暗之后，
告诉你狂醉的事物生长在哪里。

11

海上升起月亮饱满的乳房，
来把我们哺乳。果实从初春落向深秋，
人因树的高度而借助于梯子。
季节被切成几瓣，由生者和死者分享。

12

果实在不断往下落，从肩膀上方，
我们沉甸甸的内部爱也是一样，
相互品尝，同时被全能者所品尝，
当你解下叮当响的裙子。

13

我无愧于来往的舟楫，移动的墓园，
流泪的眼睛里满含春天。
你是一本书，如果我突然老去，
会再度年轻，只要能把你阅读。

14

你的顽皮从上游泛滥到下游，
用迷雾制造错误，指给我看，蝴蝶
的翩翩小旗渡江去，但我始终不解，
为什么你愿在那些金粉中碎身。

15

为爱而受煎熬的秘密的玫瑰，
极度的欲望燃烧着空气。
根部的泥土之吻却永远沉默，
没有人听见地下水流的脉搏。

16

我曾生活过——如果我能够这样说，
我就能证明幸福不是虚妄。
那么，万一你也不免死去，
爱仍会驱动我把你从地狱夺回。

17

我将无限地飞去，飞——
直到乌有，玫瑰之香托起我的魂魄。
有一艘船要把我运回，美酒
千年之后要浇到醉汉胸前。

18

看不见的东西在我们周围排列，
宇宙是万有的博物馆。
因为爱，每一物都得到一张赞美的嘴，
你呢？平分了我赞美的世界。

19

脚下这条似乎无尽头的长堤，
因我们俩的漫步而存留。
你瞧，我们离去时，玫瑰何有？
而当我们复来，花又原样盛开。

20

我久久注视一具花下的遗体，
明月当空，埋葬掉多少旧我。
旧我的玫瑰将被这个下午熏黄，
让我怀抱你，消失在青野之乡。

1989/1994

一船被贩运的少女之歌

那条船已驶出港湾。
下午，我乘长途车抵达这座城市。
刺桐树，叶子碰着叶子，
塔，对称着苍翠的远山。
我站在石桥上，海水低平。
偷渡者的船就是这样
冒着黑烟并开足了马力。

无数巧合中的一种。风景
浑圆地在我的视网膜上展开，
波浪被螺旋桨撕成条状。
我在人群中，被空气推搡着，
像一个视入太阳的盲人。

为此我痛恨过自己。
在旅馆客房里，
我有罪的躯体接受了你慷慨的柔情。
皱巴巴的报纸一角，我又见到了它，
满帆，超重，不可一世，
几乎越过我的头顶。

那一夜我们手牵手逛遍每条街，
沉浸在死亡的亢奋中，
那么快地把自己的姐妹遗忘在了海上。

她们将同压舱物呆在一起，
始终比想象超出半海里。
故乡之岸在最后一瞥中
倾斜，同一个月亮
升上了台湾海峡。

1989/1995

死亡与赞美（组诗选）

——给丽莉

这个王后用自己的美貌
驱散了四面八方的黑暗
——罗摩衍那

2

听不见她心中喧嚷的蜂房
阳光下忧郁的少女。我只是用手听
在通往春天的走廊尽头
她站立，像一面睡在风中的旗

绛色蜜蜂的旗使空气里
充满火药。而外面，清新的蔷薇园
从她肩膀的轮廓消失了
蔷薇的骨朵似乎布置了更紧张的气氛

蜂房，啊嗡嗡鸣叫的阳光
幽闭了少女，烦恼使她如同大地的牛乳
流淌在青春秘密隐藏的地方

这明快和侧面的美穿来穿去
与死亡订立了契约的少女

心中的蜂房代替她把忧郁倾诉

5

我们对死亡的道理所知不多
正如对事物本身的困难所知甚少
当手握住鸟的影子，手飞翔
而尺度又把手握在它的手里

深深陷入失败，恸哭
一盏鹤腿上的灯带领石头飞翔
突入遗忘的领域，是什么高明的尺度
使我们回到倾听的兴趣？

河中的石头梦见岸上的石头
鸟远离立在水面的月亮
银灰之夜的美人用美貌驱散了黑暗

蛇与百兽翩翩起舞
大乐师，一边行走，一边吹箫
尺度在白昼的空谷落下金色的羽毛

6

博物馆中这些高贵的鹿
身影投映出玻璃器皿的世界
一动不动，而行进着死亡的节奏
昏死的鹿，角枝挑起

进入林中的无边暖夜时
秘密的舞蹈早已向群狼公开
那黄昏般微薄的皮
血的茸毛，蹦跳着，但一动不动

当车队跟随蓝色的火去寻找一个神
逐鹿人平伸的手臂被落日烧伤
鹿，在相互抵消的态度里转身

时间清脆的食物只能由时间消受
昏死两次的鹿激动不已
从骷髅的洞孔中吹出喜悦的风

7

从高塔下来就回到大地的子宫
走在街上，我们是最幸福的一对
像人质，来自另一星球
说着梦话，且没有人注意我们

深处的地椎耸起，塔在升高
那儿仿佛有一颗星向我们滚来
"透明得就像一枚蓝色的橙子"
而猛兽退去，你醒来；绿叶窸窣

犹如你整理衣裙。这是人间
随洪水退去猛兽也已不在了
它们到哪里去，抛下这广大的空间？

风铃依然在野鸽嘴边轻响
我看着你梳头，若有所思，倚窗
一座水池向高塔献出全部影像

9

我曾经弃置不顾的生命在衰亡
朝着废墟的宁静赴死，成为废墟
洗浴在大河两边高高的水车下
人们因我年轻而匆匆经过我身旁

这绿色长廊：一家幻想的医院
倒下的人呢？神医呢？
我所熟悉的身影一个接一个
从青山沉睡的花朵回到循环的气流

总有一些脸庞还在
外表浮升，内腹下沉。司芬克斯还在
不完全的象形文字的脸还在继续

儿童们不在了。爱恋的儿童
额头的小镜映现庄重的晚霞
而那更小的，在这最后时辰呼之欲出

10

行走的女人，你的黑头巾挂在晚春的枣树上
一棵树并立着一只无名山羊的角

梦园荒芜的秋霞浦
现成的死亡给我上了严肃的一课

当秋天来临，你好像被遣派
神情空茫，内心要求着一言不发
仿佛刚从海螺里出来，复杂的手相
和新喀里多尼亚当初的怀孕

叫牧师怎么办？叫石灰岩上的独木舟
怎样接走沙滩上土著衣裳的姑母？
你混迹人群中经历了多少年？

使我生疑，担忧和热恋的女人
守卫着山羊惊叫的孤独恐怖
梦里也怀揣勒内·夏尔的早行者之书

11

听雪。听什么地方的两三个神
在秘密对话，在我们身上的什么地方？
琴音微弱下去，雪在风中拐弯
这一刻之前我们全然没有预感

大地在耳语，不真实的雪
消失于灌木丛的耳轮。玻璃球……
仿佛从一扇门涌现，蹦跳
没有布景，舞台也失去中心

只剩下早期器皿上
死者的生者形象舞蹈，铜人的手臂
举起承露盘向宇宙盛接

隔着圆形房屋外的芦苇大雪封山
这里是饮酒人的嘴对着酒窖
那里是安眠中的世界在继续安眠

17

啊！虚无的光点。啊！天使
我这样把你呼唤，日复一日
在林中路上，我看见你潜伏着一只豹
化开，还原，不是一个真实的人

偶然地它挣脱你，完全松弛
在你昏迷的深沉状态里低吼
这被热烈的激情煎熬的豹子
也已昏死过去，失去了挑逗

不仅一只豹在你周围
——座椅旁，手臂间，头发里
瞳孔中心各有一只幼小的

无情地撕裂。当欲望回到你的躯体
带着美的伤痕逃离，你飞过
把我抛在豹子中，一群又一群

18

如果土地沦陷，我们在哪里驻足？
一个时代有一个时代的钟声
护送迁徙的人群盲目离开家园
如果这土地和江河向我们的肉体沦陷

我们亲手埋葬了所爱的
少女、家神、众水掌管的庄稼
曾经像幸福的钟摆在故乡的河边漫游
现在又能从哪里找回天真的童年？

身后的滚滚烟尘遮蔽了城市
道路、测量天空的白色圆拱
日出将蒸发我们留下的足迹

家园在前，而钟声被永远放逐了
绝望的眼睛在生长，在沦陷
千家万户越过子午线走向荒原

1990/12—1991/3　上海

怀　念

在黑暗囚牢的角落格外耳聪目明
我怀念一个人
听见骄傲的步履走过苹果园
从一只果仁小巧的子宫，消失在
记忆的窗口。那里更加黑暗
我不能看清他的身体有多大
移动在岩石的上面
像一百只蝴蝶突然出现在风中
但我的感觉没有被夺走
当纽扣和皮带离开了我
自由就如裸体，在我对面，从脑后
倾泼下来。这无所不在的明镜
正在澄清，伸入我的内部
啊，照见了我所怀念的人
他用一只左肺呼吸
又被梦境里一只右手解体
我的苹果园响亮，透彻
对称着一座黑暗的囚牢
这些手指在怀念中哭泣
画下几只大苹果和一个人的身影
我要让它们又大又干净
有如音乐的洪流，站立着
又像灯，把我的五官埋葬在光芒里

1991/4/26

长笛吹奏者

——为莫扎特逝世二百周年而作

款步走进仲夏之夜，
秘密的指法轻轻召唤
莫扎特的亡灵。你，女祭司
来把昏昏欲睡的听众摇醒。

音乐的柱子撑起拱顶，
蜡烛在你体内讲述黑暗。
你年轻的呼吸
比精心策划的理智纯洁。

不要停下！激情迫使你
将气息不间断地吹入金属的器官。
在那死亡被延缓的时刻，
我们只顾倾听和追忆。

1991/5/21

辑二

（1992—1997）

保罗·策兰在塞纳河

这是不可避免的失语：一个人，在外邦。啊！“冬天使我们温暖。”这不是不可能的仰视：一个人死后漂过塞纳河。

保罗·策兰畅饮塞纳，越喝越渴。他喝着黑暗，从局部到全部的黑暗；他喝掉最后一个词的词根。

最纯洁的最先赴死。放弃抵抗——你，光荣的逃兵，抛弃了集中营、早年、滑稽的纳粹；你也尽数把耻辱还给了犹太人，让他们继续流浪，挨打，寻求着拯救。

漂啊，从塞纳到约旦，从巴黎到耶路撒冷。保罗·策兰用眼睛喝，用他自己发明的喝法喝，一个人畅饮着来自天国和地狱的两条河。

他的眼睛睁开在我们的眼睛里。他说：“当上帝叫我喝时。”

1992

涂　鸦

乌鸦是最大的涂鸦者，穿在本地青年身上。这些化装的鸟类，要袭击一座城。

但他们不过是做梦罢了，道德的白想粉刷世界的黑！这些石头、半成品，倒在通往美术馆的途中，还需要在无菌仪器里居住一段时间，需要刻刀和重锤，最后，再用混沌请回遗弃它们的人。

眼睛鼻子嘴巴，拉丁短语和喷枪。地铁在巴士底越出地面，带着满身洗不去的符号和图案——电的呕吐物，美而有毒的蝴蝶。

而远方，在中央监狱的中心，环绕圆形花坛往前走，囚徒们都有漂亮的纹身，他们边放风边设计着一条方案。

下一个目标：将看守涂抹成醉汉。

1992

缅　怀

在火山口
一群喀斯特形状的人被烧成灰
这些满怀基督教忧郁的早年圣徒
要在幻想的领域建立一座
最后的殉道者村庄
夕阳西下，羊群如同书页翻动
那留在废墟上的几个窟窿
像一所永不开学的信仰的学校

1992

马科斯·恩斯特

他教会人们对付恐怖的知识
一个发电站在鸟腹中发电
夜大放光明

十万只鸟把黑暗拦在警戒线外
植物的婚礼越来越隆重
而人类没有被邀请
人类在羞耻的睡眠里过河

1992

蒙巴那斯的模特儿

一件看不见的东西有多重?
比如眼球上一个细孔的疲倦

海突然想穿过一条鱼
看一看那边是什么水域

在被画出来以前
鱼变成孔雀石以前

黑暗沉睡于比子宫更窄的空间
造物者的手掌也难在里面飞翔

模子自己醒来,向大地俯冲
有如成熟的梨从梨茎上脱落

就在这里持续着,凭吊着眼泪
但没有隐衷,也没有哀怨

从睫毛开始的大火如此骇人
连一粒雀斑也不剩下

她会不会找回满头乌发?
像箜篌在郊外墓穴里鸣响

冰山会不会停止移动？感官
会不会在宁静的夜晚从墙上飞走？

一株昔日樱桃树等在花园里
当蜜蜂吮吸肖像上她金色的阴影

1992

弱音区

动物梦境的郊区无人管辖
只有天空一个邻居。雪压屋顶。

电线杆，麻雀线上的生活，
以五十音步的节奏弹拨二月。

一切来得正是时候，
好天气在坏天气里休止。

一封寄自故乡的信三次把我叫醒，
黑沙在途中继续把它书写。

被罚的奴隶请进门烤一烤手，
天空没有你也会有别人支撑。

1992

地　毯

在它的边缘我害怕地伸出脚
但一个天使正走过屋顶
前往德尔菲

我想到我的脚会像火柴一样
被五十块锌板划亮
我要走向一个玻璃柜里的小孩

女解说员的胸脯牢牢地把观众
吸引到周围。处女母亲
她正被推向雾中的祭台

有一秒钟，我几乎看见
天使从屋顶跌落下来
拖着蝙蝠的翅膀滑过大厅

但那一秒钟并不存在
我在宛如刑具的艺术品的一个面上
把自己像一束稻草悬挂起来

我的脚啊——波斯图案
从它下面飞走——将独自跨过
世纪坡度和地球的暗绿色瞳孔

而把事物留在继续下去的
状态中，我的躯壳在我
沉默的惊恐里放了一把火

它也许会赶上那个天使，追问他
从反向去德尔菲，是否
必经一块燃烧的地毯？

1992

夜　读

月亮的船桨划过墙壁
空中弥漫梦幻之蓝
书房像轻轻合起的巨蚌

海豚说着我听不懂的语言
把自己举出水面。高高的水柱
击碎群星变幻的字母

醉人的、形而上的亮光涌入
头颅，一些奇异的黑矿物
唱起元素之歌

今夜，飞鱼撞击钢板的声音
响彻世界。而我仿佛置身水底
仿佛一个幸福的幽灵

1992

年轻诗人短暂的一生

这句话试图充当放在他棺柩上的
一枝玫瑰。他的一生
被组织进一句话中。

他的生命在月光下解体，
现在他是上弦月。
他的不在有一个光辉隐去的弧形，

有一个留给世界的谜。
像白天藏起了黑夜，
他藏起自己完整的死亡。

那是他的假期，他有回来的自由，
向我们讲述异乡的见闻，
用我们熟悉的声音和形象。

但已经不那么熟悉，
声音不再是夜莺的声音，
形象也不再是吉他的形象。

他的面容将毁坏得更彻底，
从粗糙的岩石得到一个比喻，
永不再提起早先那位厌世者。

他回来，为了一句想说出他的话，
为了给新的竞技打分，
从我们身上挣脱，进入循环。

1992/12/21

象牙色的城堡

一切必须符合人的形象。即使
公墓在海滨排列，照片发黄
呼吸环绕着柠檬树，水中浓重的
色彩一圈圈化开，太阳仍然要榨取
死亡最后的汁液，将它喷洒
向着岸边踌躇的人影
——你为什么久去不归？

这首诗献给幽禁海上的一对母女
从氤氲玻璃后面俯瞰鹅黄的新月
青春耗尽了消息尚未传出
她们在城堡中坚守。幽蓝筋络的
鸣响不被听见，但骨髓激荡
定时把海水从十里外召回
——她们豢养着一头雄狮

那是太阳模糊的颜面，透过它
未亡人的记号在峭岩上刻写
多么陡峻，火的编年史中空白的篇页
而这母女，被帷幔隔开
夜夜以迥异的心声同海神搏斗
她抱着打开梦之暗门的金钥匙睡觉
——呢喃的她的小燕鸥

而更难征服的、戴面具者的织机
不停纺织着雷同的肖像
像无人相信的命运的未来主宰
吹灭星星，施行催眠术
她发着烧；她呢，祈祷着上帝
可怕的寂静中一个声音在哭喊
——放，开，我！

1992/1993

十只天鹅

或许只有一只，变形的天鹅
我在远处它如夜的目光中冥想
天神的气质——一面
不确定的镜子。它不温柔
犹如漠不关心孤悬天边的浮云
在精密测量的仪器发现它以前
游向湖心相似的一群

当我迷惑于这一地区的来历
它已经在那里，暗示一种疼痛
有什么能够在水之外为它
划定边界？淡紫色的雾中
熏衣草和乳香同样陌生
它甚至是最优雅的，假寐的喷泉！
任黄昏的天平把我的野心称量

（当风把水面吹乱，它也将
无处躲藏）——哦不！
除了这一只乔装打扮的
那另外的九只天鹅——为我所爱

1993/4

正午的邂逅

在呛人的阳光里停下脚步
突然，一个飞人落在山毛榉树上
悠然自得的平衡术被大海的磁场搅乱
——我是他冒险记录的偶然见证

岛屿，这些在时光中浣洗的
白昼的星辰，正午的漫游者
犹如闪光的额头沉思着一步棋
沙兰特河用多棱镜照着它们

或许他就是那棵想飞的山毛榉树的
一个梦，通过枝叶的摇篮回到大地
如果他曾经绽开也是在天空中
毕竟那降落伞是用幻象织成

看他身轻如燕地走向海滨大道
仿佛已从教训中脱胎换骨
那里一个少女正仰脸把他迎接
她的花园像荨麻阴影里的罗盘

"请问这个村庄叫什么名字？"
"永恒的恶魔之夜"
"这么说我误入了水妖的王国？"

“是的，我们等你来已等白了头”

隔着篱墙你一言我一语
海上的风暴在邂逅者头顶悄然聚集

1993

三十五岁自题小像

眉宇间透出白日梦者的柔和，
折射内心微妙的光束，
平静的目光落向一个地点。
颧骨略高，但鼻梁正直，
面颊的阴影燃烧着南方人的热情。

眼睛里有迷恋，也有疑问，
因见识过苦难而常含宽恕，
在美的面前，喜欢微微眯起。
额头不曾向权势低垂，
嘴角的线条随时愿意与人和解。

生命之树茂盛，秋天已临近，
风将把乡愁吹成落叶。
这张脸贴在手掌上能感觉它自己，
从镜中看着我时却变得陌生；
这张嘴化为尘土以前将把诗句沉吟。

1994/1

长颈鹿

在夏日晴空下迤逦而行，
修长身躯投下的影子多么清晰。
避开瘟疫似的远离人类的城市，
惊恐像蛇形的闪电鞭打它们。

并非不必要，警醒的信号
从血中升起。一座柔韧的花园
靠近树。天生丽质招来怎样的厄运，
无论在多么远的地方漫游逡巡。

沉默的竖琴，浪漫国度中
最忧郁者。偶尔，我们能遇见一只，
在非洲深处，在人与动物的累累尸骨旁，
弯下脖颈沉思着铁锈的死水。

1995/5

走下蒙马特

雾像一场热病。披着霓虹灯
踉跄而行的醉汉，抱住电线杆倾吐衷曲，
仿佛抱着一位天使。
我走下灰色的高地蒙马特。

红磨坊的大风车在巴黎上空倾斜，
啤酒杯溢出泡沫。夜的边缘，
一只猫梦见了达利式超现实绘画：
月亮嗅着侍者盘中浇上香脂的草莓。

狂欢的、必死的肉体摇摆。
萨克斯旋风与塔兰泰拉姐妹，
中魔的水晶鞋旋转不停。
那边，电话亭里，一个女人在嘶喊。

告别了一次异乡人的感伤聚会，
我要睡觉！让酒这个绿色幽人陪我结束
游荡的一夜，大汗淋漓的一夜。
我走下灰色的高地蒙马特。

告诉我，垃圾中翻捡的老人，
在哪条街，哪个流光溢彩的路口旁，
我又看见了你，波德莱尔诗中的人物，
你空洞的一瞥能把世界毁灭？

1995/11/29

无 眠

住在街对面的无眠的人
如果你为一段往事辗转反侧
如果你恰巧也是一个异乡人
为今夜的无端不宁所搅扰
如果你听着海风——海很遥远
想象月光——月已落下
你熟悉的一切：家人，友情，地址
回忆中令人心旌摇荡的时刻
向你不辞而别。世界背叛了你
如一个不忠实的情人
因朝夕相处而充满你气息的
每一件小物，也都转过身去
甚至你自己也成了黑暗的同谋
正柔肠寸断地把你拧绞
你听着心跳——血在流动
观看手足——完好无损
如果你抬头望见了那颗星
一颗晨星，多么美丽，她在跳动
而很快她也会消逝
那么此时，请大大地打开窗口吧
这样我就能看见你并且祝福你

1996/7

接近:两只土拨鼠

一首诗加另一首诗是我的伎俩

——翟永明

落日瑟瑟的响动甚至不使它们惊恐,
刨着草根,没有悲愁侵入心脏,
没有终极的压迫。

你,土拨鼠眼中的怪客,
长出了小丑的犄角,
跌倒时,似井中的泰勒斯,
头上响起色雷斯姑娘的爆笑。

积雪在最后的高坡上,
供养着短暂的夏季。
它们的眼睛在小土丘后面升起,
逍遥,热烈,领受一切,
嚼着草根,从洞到洞,
没有流浪的必要。

海拔之上是宇宙的寂静,
巨人族的夸父来了,
丈量落日与死亡的距离。
当谷底燃起万家灯火,土拨鼠不为所动,
意念专注于草根,直到甘甜涌出。

1996

水　壶

从水壶中的黑暗到躯体的黑暗，
是浑然不觉间来临的夜。
我划亮火柴，坐回桌前，
回忆起日落前写下的诗中的一行。

夜更深了，山上有雪，
崖边那颗星被擦洗得更加明亮。
从黄昏起它就在那儿漫游，
它大概渴了，像一只蟋蟀沉寂下来。

现在只有水壶在独自歌唱，
像厨房里的蟋蟀呼唤另一只
荒野的蟋蟀。它也在呼唤我的嘴唇，
去轻触温暖的、雪水茶的芳菲。

多奇妙，一只水壶，从不问我是谁，
随时都能给我安慰。
哟优美的弧形，妇人般的柔顺，
水倾出又倾入，欠缺了又满盈。

而我知道，有一个匠人打制了这只
不知年代、灰色曲柄的水壶。
我熟悉孤寂中的欲望之渴，
倘若我出门，它或将伴我远行。

1996/7　瑞士

致小村庄阿尔当卡

我即将回到忙碌的人群中，
在闹市的一条僻静小街，
经营起我个人的荒芜的田园。
与你们的田园不同，
我不种豌豆和小麦，
也不建仓库，为了过冬的粮食。
没有庆典，没有习俗的欢乐，
酬报我又一年徒然的劳瘁。
我将逐渐地适应死神
那庞然大物的嗜血的需要，
学会去爱每一个我遇见的人。
如同弃儿，跟我一样，他们无辜而灰暗，
覆盖着孤独的尘埃，名利的可怜的尘埃。
每一个晨昏，当你们进出教堂，
钟声将在我的想象中回荡，
帮助我找回一个方言俚语的上帝，
长胡子的上帝。他一副农民打扮，
目光里还有点坦然的羞怯。
在小村庄阿尔当卡，你们
在餐桌旁谈论他，如同谈论
一把铁锹，一个水泵，一只烟斗。
圣经上说，他的儿子曾经死去又复活，
对此我只好保持沉默。

1996/7

扛着儿子登山

我们的皮肤是群山和空气的朋友，
我们的嗅觉是一只羚羊的朋友——
在一棵小橡树上它留下气味。

我们坐下休息，村庄看不见了，
隐居者的房子静悄悄的。
雪线那边，裂缝中有一副死鸟的细骨架。

方型烟囱，蓝色的窗子，
一小片菜地是甲壳虫和蜜蜂的家园，
人在粗糙的土墙上留下掌模。

我们走向湖区，群山也一样，
随着太阳的升高群山变得更高了，
光圈像一只只轮子，在叶子上滚动。

超级的水晶倾泻而下。浓云的色彩
搅入轰鸣的瀑布的色彩。
我们向着洞穴发出野兽的吼叫。

1997/8

明信片上的雪

一

突然的声音是一串鸟鸣。你坐着，
句子结束在雪中。"我给你写信

但信已无处投递。"是的，雪在下，
街上人迹稀少，梧桐树陷得更深了。

你打开电视。罢工在继续。
卡车司机在布列塔尼野外烤马铃薯。

你愿意让自己变得轻松，想怎么写
就怎么写，不顾后果。至少，

这是一次机会，结束自言自语，
转向面前的事物：可信积极的陈述。

淑女们的巴黎；软帽、香水的巴黎。
桥下，流浪汉搂着他的狗过冬。

别再与死者交谈，让他们按
故事里的样子继续安眠吧。

最后，照例要说到你自己，放入
必要的细节，个人精神的草图。

每个标记都表示一条道路，每条道路
都在不可知的地方结束。

于是就来到这里，搁下笔，
你全部的真实出现在感觉的断裂中。

二

从一扇门进入另一扇门，
中间是雪的世界。穿过一片片街区，

现在你站在蒙马特。尖顶的磁针
把你的目光吸向天空。

尽管大教堂的钟声震耳欲聋，
街头画家仍要在雪中画雪。

男孩们爬到汽车上打雪战，
走出地铁的人仿佛刚刚离开洞穴。

瞬间意念纷扬。雪花乍现之际的喜悦，
迅速滑向隐晦未来的焦虑。

有人幻想西藏深山里的雪人，
有人却被同一个地方的雪刺瞎了眼睛。

朋友，你真想逮住他问：
不站在天使一边，又站在哪一边？

如果大神秘已不存在，
为什么苦难随处可见？

苦难奔突于蓝色的脉管，
雪中，一切声音都变成了祈祷。

上楼前你在垫子上擦净鞋底，
回忆起“真实总是麻烦的”这句话。

一片雪花在你舌尖上消融，
美丽而无用，像法语的哑音 e。

三

雪在下，迷人的寂静像猫舔牛奶，
在你读书的房间，在你的窗台。

有一种色彩，你和世界之间
有一种关系，雪一样，既单纯又泥泞。

光秃的树木只剩下僵硬的轮廓，
旷日持久的雪还在渗透。

仿佛一种思想经过三个季节的化学，
需要返回根部的宁静。

乌鸦飞过屋顶，像冒烟的黑铁，
它的仇恨在你身上投下影子。

高亢的歌声终将变成低吟，
你在冬天的写照：如履薄冰，如履薄冰。

寻找着，弯腰拾起丢失的钥匙，
拾起万花筒、早年、瞬间的技艺。

雪抹去你和万物的界限，
像群鹿穿越感觉的边境。

雪的飞蛾扑向你，在散步时的意念中。
你自己就是那盏灯的飞蛾。

1995/12　1997

城墙与落日

——给朱朱

在自己的土地上漫游是多么不同，
不必为了知识而考古。你和我
走在城墙下。东郊，一间凉亭，
几只鸟，分享了这个重逢的下午。

轩廊外的塔，怀抱箜篌的女人，
秦淮河的泊船隐入六朝的浮华。
从九十九间半房的一个窗口，
太阳的火焰苍白地驶过。

微雨，行人，我注视泥泞的街，
自行车流上空有燕子宛转的口技，
雾的红马轻踏屋顶的蓝瓦，
我沉吟用紫金命名了一座山的人。

湖，倒影波动的形态难以描述，
诗歌一样赤裸，接近于零。
对面的事物互为镜子，交谈的饮者，
伸手触摸的是滚烫的山河。

我用全部的感官呼吸二月，
我品尝南京就像品尝一枚橘子。

回来，风吹衣裳，在日暮的城墙下，
快步走向一树新雨的梅花。

1997

秋天的散步

披着落叶走向山顶的人，
是最早被秋天触及的人。
日复一日，总在同一个地方徘徊，
不时停下沉思，突然又大步流星，
落叶纷纷，加速着树木的失血。

干燥的田野和天空，意念触及
同样干燥的鸟巢，花的断梗，
一架红色拖拉机陷入土中。
云像烙铁在水下冷却，僵硬，
琥珀的状态，一种透明的悲哀。

你喜欢站在这棵树下，
瞻眺，水牛般反刍着夏天。
但乌鸦的声息从另一棵树上传来，
这死亡国度的使者金光闪闪，
它一开口，众鸟都沉默。

火焰坠落，一簇簇生命的火焰，
多少词语的碎片就这样交给风。
在城市与虚伪地走来的夜之间，
暝色一滴滴注入原野的荒凉，
风中连太阳也打了个寒噤。

你想起一只怪兽的面庞，
瞬间恐惧穿透颅骨。你也想起，
看得见的不能使想象满足，
看不见的徒然于烦恼的猜测：
神？空气？体内含盐的信仰？

蛇蜕去蛇皮，獐子留下蹄迹，
树木尽将脱去美丽的衣裳。
林中的黑暗是多么团结一致，
而你的思绪月亮一样苍白，
苍白而孤单，飞过山顶。

1997

途中速写

一

在曼海姆，我走出火车站。午夜的星空
燃烧着苍白的火，音乐泄出窗口。

高高的梧桐树，黑黢的塔楼，
厚重的窗帘后面人影绰约。

没有伴侣，没有投宿之地，
绝望的时刻！错过的犹闪烁在远方。

野兔窜向小树林，落叶陈腐的叹息
与沾满露水的双足彼此安慰。

夜总会已收场，城边的最后一盏街灯熄了。
一个扛着铁铲的人走向公墓的门。

游荡了一夜，在这陌生的城市。现在
晨曦催我入睡，空空的车厢里我感觉温暖。

二

沿着铁轨，那个背负行囊的徒步者

跳起舞蹈。山鹑在叫。

这欧洲腹地的边境小站，
像一粒豌豆夹在千秋雪中。

本地人坐在窗帘后喝茶，不为任何远方所动；
那人停下，向太阳借个火，又继续走。

阿尔及利亚人全家被带往关卡，
一只猫盯着女孩手里晃动的布熊。

栏杆上靠着滑雪板：
为黑色晕眩准备的小憩。

四环皆山，湖畔投来林仙的一瞥。
我有避邪咒，急急如律令。

走出车厢，房屋像超薄的瓷器，
滑翔机的阴影越过榆树篱。

少女在王尔德墓前

穿上你的奇装异服
带上你的手杖和雪茄
在头发上多涂点香膏

美的囚徒,败坏门风者
死亡也不能征服的花花公子
来吧,到我们的行列中来

到爱琴海的一座仙岛上来
像漂泊的尤利西斯
那满载而归的浪子

不要成为自己嘲笑的大人物
也不要指给我们看美的幻灭
我们,哎呀,喜剧的信徒

如果大理石使你的心变得冷漠
让我们滑稽摹仿的声调
逗得你捧腹大笑

骑上你贵族的诗篇
召集你的原班人马
再用调皮的格言礼炮吓跑乌鸦

辑三

(1998—2003)

伸向大海的栈桥

漂浮不定。对于大海蓝色的终极，
只不过延伸了一点儿。

像一个告别的手势，
一方丝帕，或一个吻，
对于命定的距离
只不过延伸了一点儿。
眺望大海的人，
为了眺望而眺望，
栈桥在他记忆中的形式
与鸟翅或星光相似。
船在开，影子就会
在他眼前不停飘落。

并非栈桥可以在岸上自足，
只不过漂浮使意义延伸了一点儿。

1998/8/11

告诉云彩

一个个尖顶刺入天穹，一排排浪翻滚，
轮辐和磁针都不会停止，欲望也不会。
我们活在世间，抛开苦难不谈，
走在街上，大步流星，依然先前模样。
梅花看过了蟋蟀歌声又起，
月光浣洗金棕榈的绸衣，和我们
神圣夏夜的欢爱，燕子倾斜，
有点娇慵的人儿多妩媚。
诗人下地狱，与亡魂交朋友，
而市侩们抹着嘴唇，站成一圈，
拥着蜂腰或蛇腰进出转门。

现在你看，西天那一抹彤红的云彩，
幻美，灿烂，点燃了银行大厦的玻璃，
也把绿光的圆弧镶入松鼠的眼睛。
我为何不能赞美这哀伤的天使，
这回光之海的惊心动魄，
这可见的移动的乐园，奇迹人生
短暂的万花筒？我为何要去想，
我有多孤独，多厌烦，多绝望，
像那些入夜以前将客死他乡的人，
像哈姆雷特？就这样告诉漫溢的云彩，
说我们已来到阳台，且啜饮又观望。

1998/10

透过鹰眼看见的风景

1

只有岩石和雪
黑色和白色。
隆冬，河不再流动，
松树套上玻璃罩子。

2

岩石的高度，
山峰的高度，
不可能被任何东西所替代，
除非被大雪所覆盖。

3

一群群雨燕沉睡在冰河下面，
洞穴里，棕熊沉睡，
土拨鼠和刺猬也深深睡去，
体内堆满脂肪的雪。

4

没有词语，没有兜售词语的人，

没有婚礼或权力的赞歌。
在西藏，一支军队陷入雪中，
被月亮的遗忘所埋葬。

5

风是灵感，意志
是飞行中血流的速度。
阴影移动，然后
爪子猛然抓破寂静

6

必要的简化，像残枝和败叶
被土地所简化，像岩石，
孤独地耸立，灿烂地耸立，
成为一切感觉的基础。

7

即使在冻结的雪野上，
也遍布太阳黑色的导火索。
透过鹰眼看见的风景——
一首有关距离的诗。

1998

采撷者之诗

1

用山鹑的方言呼唤着跑出房子
蓝浆果里的声音我还能听见
雷达站，木轮车，童年的山冈
整个夏天我们都在寻找
坡地开阔而平缓，死者的瓮
半埋着。荒凉的词，仿佛涂上了蜜
我们的乐园向南倾斜，金丝雀飞来飞去
那时还没有特洛伊，我们总是躺着眺望
村庄，水杉高大，像山海经中的
有外乡来的筑路工留下的斧痕
“他闯祸，必不得其死”，老人们说
而我们笑，躲在咒语中摇晃镜子

冬天拨着火炭，夏天就去后山
采撷，坐在树上等待父亲
廊桥消失了，仿佛被突降的暴雨卷走
这是既没有开始也没有结束的地方
人们只是绕着那几棵水杉树走
在历法中生活。狐狸尖叫，大雾
追着我们跑。长途车从海边爬上来
没有父亲，我们踢着小石子回家

夜里我梦遗了。哟,大捧的浆果

记得吗?那两个发亮的音节,
把我们变成蓝鬼。甚至风也变蓝了
野孩子唱道:"雷达兵,天上的雷达兵"
直到中秋的月亮升起,大轮车滑下去
浆果碎了,像伤口流出的血,仿佛为了
让我日后的手稿点染上那种蓝

2

蒙德格伊街。儿子惊呼:"Myrtille"
新上市的浆果摆在货架上。恋人抱吻
晒成棕色的皮肤散发着海藻的气味
假期已结束。地中海留给了墓园守望人
我们避开沙滩营帐,为兽迹所吸引
迷失于山毛榉林中。我想去触摸
高地上的赛壬石,最终表明
那冲动是虚妄的,她或许死于雪崩
像树上的娃娃鱼。而传说活在舌尖

我们都喜欢这南部山区的夏季
村道垂直在门前,花荫遮住窗台
去湖边散步的人回来了
拿着新采的野菊。群峰渐次明亮
蓄水池含情脉脉,屋顶更柔和
倒影中的停云像洗衣妇回眸的样子
对山,牛铃丁丁。儿子蹲在灌木丛中

四岁之夏，不知道中文名字的来由
他吃 Myrtille 这个词，抬头看见
滑翔机像风筝，轻轻越过瀑布

我的头晕症消失了，字典带来
新的苦恼。我们元素中的土生长着
同样的植物，那些枝条本是为了
纪念死者。当我们带回的自制果浆
早餐时涂上乡村面包，我将用什么解释
乌饭与寒食，以及丧失的祭天之礼？
一种凝聚的寂静深入到这里
柔软、微热的泥土，款待着我
今天我们又去登山，但选择了另一条路

比利牛斯夜车

接骨木花在巨大而幽暗的山谷甜蜜地沉睡，
峭岩升起，瀑布无声跌落。
月亮附近山毛榉树上的猫头鹰
飞入芳香四溢的田野。

小男孩睡着了。
我的卧铺下面，年轻的母亲
低声哼唱着一支催眠曲。

来自山那边的矿物学家，黝黑的吉他手，
还有你，大地上永恒的浪子，
也静静睡吧。

带着远方溪涧里卵石的纯洁，
月光中微微扑动的羽翼的幸福。

1998/8

画家和模特儿(选二)

2

她的世界难以理解,
色彩不能表达她的全部。

因为她不是那个摆着姿势的女人,
裸露自己,为了给人看。

她容忍他,反抗他,渴望挣脱画框的
限定,独自远远地离开,到达

没有目光审视的地方。
那里她可以自由自在,

不必忧愁或假装成快乐,
为了肉体中不断变质的美,

为了死亡的催促和爱情的消逝,
泪流满面地撕扯自己的头发。

那里她做着永恒的白日梦,
像丰收的月亮般流着乳汁。

她与大自然合二为一，
独立于时间和地点，楚楚动人。

3

在支起的画架那边，他不慌不忙，
调匀颜料，画画时他是一只野兽，
移动着，完全停止了思想。

日复一日他枯燥地涂鸦，
当别人忙于在社交场卖弄风情，
他却在野外度过了整个青年时代。

他写道："画家与土地测量员之间
有一种类似。脚趾必须踢到石头，
才能看清地球的面目。"

漫游过巴黎和佛罗伦萨，他回来，
着手一次原地旅行的计划——
让美成为值得信赖的家园。

从此他把日常生活搬上画布，
他建造了一座圣殿来安顿灵魂，
其中显现神秘姐妹的形象。

"从一个水晶的斜面到完美的球体，
穿插跳跃着无终止的旋律线。
因此我献上的仅是一段插曲。"

1998/1/16

曼德尔斯塔姆之死

如果他终得以平静自然地死去，
带着没有痛苦的单纯神秘，
让未来的人们不因悲愤而控诉，
而只留连于他诗篇的幻美；
如果加害于他的人不曾抢先一步，
无论以何种巧妙的方式
夺走他黄金的歌喉，
那么，写这首诗的手将不会颤抖。
不！他的死被草率地宣布，
经过改头换面的措辞，
半个世纪以后依然投下阴影，
证实了(如布罗茨基所说)
万有引力的法则——一个黑洞，
全部的人性都将被吸入，
一个人就这样在太阳下失踪。
这并不难，有时间，有地点，
有一部由巨人操作的机器，
纵使钢铁的肋骨也要被勒弯。
让我们记住这可怕的凶年，
在诗人寄居的星球，轰轰烈烈的
时代的马蜂窝已经滚沸，
暴君的拳头迸出火星
各地，新的逃亡又开始了。
而这里，天涯的符拉迪沃斯托克，

科里玛半岛附近的一座集中营，
人们关上了门，把他留在床上。
一切正在离他远去，
连疼痛也很快要抛弃他，
悲伤不再能抓住他的左心房。
一个被逐者，在帝国版图的
边缘，独自去承担最乖戾的命运，
伸出手触摸想象中的山河，
怀着百感交集的依依不舍。
这个生前没有寸土的人，
死后将得到
　　　　　整个大地的款待。
有什么遗憾？死，已不是什么意外，
现在你竟变得如此亲切，索命者啊！
高高的，他的星座在上空俯瞰这一切，
把最后的火焰吐进他体内，
温暖他冻得麻木的灵魂。
只要一息尚存，他的全部生命
仍将歌唱燃烧的、盛大的星空，
像往昔那样，像一只燕子，
在飞翔的加速度中歌唱。
这星空在 1938 年的某个冬夜，
朦胧如最后审判的一夜。
淡淡的光，万古不变的光，
垂向莫斯科的一个窗口。
里面一个女人已经睡着，
她脸上的泪水还没有干。
桌上，一封未寄出的信用小楷字

密密麻麻地写满了绝望的爱情：
“是我，娜佳。你在哪儿？永别了！”

1998/3

老　人

在夏天孤独的山中喝茶，
在养老院走廊的椅子上，
移动棋子或药瓶，
闷热的下午仿佛比一生冗长。

计数时日如今已不太需要，
一种死亡，硬面包一样的死亡
难以下咽。某份通知书还摆在桌上
触手可及的地方。

接骨木已经二度开花了吗？
那朵云是否必定会飘过来，
为他们擦去额头的湿汗？
此处生命像岩石正悄悄风化。

眼睛里盈溢的不是泪水，
而是酸性的回忆，模糊的波动。
偶尔，一支沙哑的小调从院墙外经过，
那些木刻的脸尽都在凝神细听。

1998/8

公园里的椅子

太阳像一个晨跑的人，咚咚，
敲响地平线，用它的金脚踵，
树叶落入十二月，你发现一块冰
的凸面镜中大地的椭圆形。

冰碎裂，同样是短暂可见的事物，
那边跑过的影子哪一个去而复来？
你早早进入公园，坐着读信，
周围，摆着一圈圈的空椅子。

这些椅子表明一种姿势，
只不过现在空着，某人还未来，
他的司芬克斯还在路旁，高大而俊美，
它和他的影子纠缠着，不很清晰。

你早早来到，似乎出自对习惯的忠诚，
落叶在椅子下发出声音，
似乎在发问：下一个会是谁？
（你读的那封信没有寄信人）

经历了怎样的一夜！况且
白霜割面。你需要静默十分钟。
悬置起某种意义，仿佛戏散场后，
道具留下，戏剧中的幽灵留下，

今天与昨天雷同，重复着昨天。
椅子是冬天公园里最基本的图像，
任意而懒慵的即兴诗行，
太阳和晨跑的人敲响地平线。

一朵朵云边缘明亮，擦过椅背，
被蓝天和巨大的城市所吸收。
有一种空虚从这里生长出来，
“等待”这个词像孩子手里的气球，

突然放开了。的确没有人，
每张椅子隐含一个永远的缺席者。
等来的或许是一张你自己的脸，
记忆的针尖穿过关节炎。

1998年冬，巴黎

时装杂志

一

内热的地球，香发之吻
触动水罐的风也触动她的小腹
手镯的金色小蛇，妩媚所向披靡

因为她的笑死亡逃逸，我们体内岁月巍峨
惊涛裂岸，五行之土流失，河面飘起
血和意识形态混合的腥膻

二

迅速进化的裸猿穿上现代时装
聚合起新的狂飙，太阳村落
战争纪念碑矗立星形广场

绝望的女像柱痛哭古希腊
不得不漂离原初之地。夜贴近你
而你犹豫着，朝东走还是朝西？

三

从大皇宫出来，我们酷肖

穿深衣的一族，夸父的一族
或许正在接近一个雪中的对跖点吧

黄，泥土的黄，像某个电影画面
说出它已经太迟了，但不妨一试
异乡木偶，细细的提线几乎看不见

四

我是否淡忘了十年前发生的事？
只相信所有的人都带着一口锅生活
但那几个心形吉祥物后来丢失了

残破的未完成，颧骨的山峰隆起
多风世界中的我们被记忆削损着
皮肤抗拒着流行感冒的气候

1999

闽江归客

1

打开腥膻的鸟笼，夏天！
从马尾到福州，翻飞着
鹭与鹇。更瘦的池塘
鱼不动，听着鸣蝉
花昏昏欲睡。你到底是谁
出现在阳台？山色如黛
我不认识你因此你就是
你看见的风景的一部分

2

少年将自己投入水中
事物之镜破碎，他划动手足
像在母体中那样
开端的浮沉把命运之重
交给流水，滔滔的逝水
我是他，但已然不是
逃过了姑母的监视
奋力游向危险的对岸。

3

江边酒店，我一人独酌
闽西老酒，注视一枚蛏
我发现，那小小形体玲珑如玉
像一个秀色可餐的蛟女
突然幻化并坐在对面
说她愿委身于一个陌生人的
思乡梦。执箸之际
我依稀听见海上的歌声

4

灿烂之极，内部的水晶
谁能说出石榴的秘密？
技艺源于匠心千重
宛如繁星密布夜空
人痴问，石榴怎样完成自身
抽象自身，花衣又脱在何方？
且慢触及，且相互看
我和你，偶然中的偶然

5

除了我们所在的世界，没有
第二个世界，如此诡谲
灯笼挂着一个朦胧之夜

门内，精巧的提线傀儡
让我们猜谜，夜的后面
是什么握着不可见？
一如雨丝将雨丝牵连
迷宫通向又一个迷宫

6

风暴的琴声位于仓山顶
你呀你，风暴的原因
当你弹琴，至少有一个人爱听
如果我不曾向萤火虫问路
如果狐狸不曾眺望江渚
如果错过的仅仅是错过
你芳名的音节不是这一种
一切本来会多么不同

7

相濡以沫的芸芸众生
风雨飘摇中短暂的避难所：
衣锦坊、凤凰池、旧米仓
一个地址铭刻一种感伤
借枝筑巢，恍惚不在场
斗转星移是什么推动？
九重葛花，九重葛花
向上的一点绿叫醒天空

8

诗，拾起被遗漏的关键
——钥匙、早年、痛的经验
属于内心隐秘的东西
永不令人失望的东西
诗和你，我想象的两翼
雾中津渡，两股对流的空气
世界在我的眼睛里睁开
灵魂出窍，飞越我自己

9

譬如雨之于霏霏，伞
这个词摹拟了伞的形状
必得以在你头顶撑开
遮护才掌握在你手中
叆叇之镜才会假借
月亮的盈缺来解释内心：
为什么相同的事物
都分裂成相反的两半？

10

上游的水手驾御轻舟
一闪而过，猫头鹰隔岸观火
出土的埙篪声声如鬼哭

那边，摇滚乐酒吧内
槌杵的快马紧锣密鼓
狂暴时代，怀着宿疾
喝酒的人呕吐出颓废
谁频频投掷，柔软的利器？

11

回家就是回到又一年
梦中梦，不可能的可能
就是爬树，逃学或者吹笛
方言鸟鸣，木屐留迹
寺钟响过黄昏的长街
心爱的燕子在我脸上倾斜
回家就是回到昨天
我等待你蓦然重现

12

星光漏尽，人起身辞别
看曙色压低满潮江水
汽笛拉响白塔与黑塔
悠悠的乾坤循环不已
白昼的后面又会有夜
这最近的分离已经是死亡
我回过头去看你
但那里只有空空如也

1999

外滩之吻

1

外白渡桥上，你发梢的风
阳光细碎，你看着来来往往的船只
黑披肩裹得更紧了。我熟悉
模糊的，一闪而过的脸
汽笛，据说纯属于感伤的发明
短促的，像冬天的咳嗽。我们
说着话，很慢，先是你，然后是我
我想起大学时代，从黄昏开始
恋人们就倚着江堤接吻
穿过树的密语，瑟瑟响，瑟瑟响
而在城南那些特殊的夜晚
一个人因为失去名字
发现自己原本是另一个人
他躺着，躺在那远去的、烟囱喷出的
声音上面，冻得蜷成一团

2

记得吗？从花店出来我吻了你
我们终于没去找那条街
而是又回到外滩，这样很好

重新开始那未完成的，刚才我说什么啦？
光的印象。是的，钥匙的光
水缸内壁上那种摇荡的光
闭起眼睛感觉到被缓缓推向前
原谅我用过那个腥膻的比喻
苍蝇，吊死鬼的天花板
门突然大开，灿烂使人
睁不开眼睛，太阳，涡伏的
我想把它够着，它摇晃着
咣的一声，被沉重的板隔开了
躯体像木刻，颓然倒下
手只好贴着墙，就这样用手听着外面。

3

这张照片上的人像我
蹲坐着，随处可见的，劳者的姿势
车身翘起，车柄触着地面
Hurry，Hurry，他已耳熟能详
背、毛巾、小腿的弹簧，还有心跳
我们听不见的，经常被略过了
令人难堪的本土特色，对不？
惟有他的目光是捕捉不住的
天气很好，在敞篷的黄包车前
他看向这边，筷子和碗
比能说出的更多。时间魔术
还会从怀旧的帽子里拉出什么？
吊袜带、短而宽的袖子、白手套

喷香的纸扇，从桥上跑下来
在拐角稳住车。优雅的
二郎腿小姐欠起身，递过一个施舍
挥挥手，打发了一段行程
总感觉那种目光没有死
围拢而来，麻木的，像沉默的深井

4

我们沿着江边走。人群，灰色的
人群，江上的雾是红色的
飘来铁锈的气味，两艘三轮
擦身而过时我们叫出来
不易觉察的断裂总是从水下开始
那个三角洲因一艘沉船而出现
发生了多少事！多少秘密的回流
动作、刀光剑影，都埋在沙下了
或许还有歌女的笑吧
如今游人进进出出
那片草地仿佛从天外飞来
你摇着我，似乎要摇出盼望的结论
但没有结论，你看，勒石可以替换
水上的夕照却来自同一个海
生活，闪亮的、可信赖的煤
移动着，越过雾中的汹涌
我们依旧得靠它过冬

5

街灯亮了，看不见的水鸟
在更高的地方叫着，游船缓缓
驶离码头。你没有来，我犹豫着
终于还是坐在观光客中间
喷泉似的光柱射向夜空
钟楼的庞大阴影投在回家的行人身上
“夜上海，夜上海”，芸芸众生的海
奇异的异乡漂流的感觉，一支
断肠的歌。不管在何处
我仅是一浪人而已
恍惚之城，但愿现在能够说
我回来了。往昔的恋情隐入
星光的枝叶，我需要更多的黑暗
好让双眼适应变化。当对岸
新城的万家灯火沸扬，我靠着
船尾的栏杆，只想俯身向你

1999/3—11

致可能的外星人

亿万年之间，群星诞生，群星死去。
仰望星空的人在夜晚看见的
不过是感官的镜像，
内心的诸多渴望之一。

夜凉如水，要有一扇窗，让未眠人
斜倚着沉浸在天体的气氛中。
思念赋予她，心灵的无穷奥妙，
赋予他勇气，静息等待。

要有一座桥，横越银河的汹涌，
要有一夜，照亮别的漫漫长夜。
亿万年之间，或许你终会听见
织女的杼机或牧牛郎的一声哀叹。

天上人间，最最遥远的距离
也许是两个人——从你到我。
星星与我们究竟是什么关系？苍白的火
燃起我们身上陌生的恋情。

透过太平洋上空红色的云雾，
今夜我在一条船上阅读星图。
星光的崎岖路，灿烂而甜蜜，
你快来吧，乘上飞碟向我飞来。

1999/9

博登湖

众鸟之钥突破黑森林的锁
水光压迫视网膜。渡船驶向城堡
并没有谁从太阳的高度坠落下来
人们面无愧色，斜倚栏杆

这片水域由色彩构成，陌生而浩瀚
细细描画出小山和葡萄园村庄
袖子高高捋起的健壮的洗衣妇
站在正午波动的阴影中

一次即兴游历始于多年前的
一次出走。坎离之家的浪子，自许的
帕西法尔，被奇迹的血放逐到
心跳像马达轰鸣的原始天空下面

晕眩的光景！鹿飞奔湖畔
浪花，瞬息的花，浸入我们的感官
远方仿佛一个召魂仪式
半个神的荷尔德林踏浪归来

眺望的人中哪一个是我？
谈谈桑社，雩祭，或贤者的击壤歌
房星南曜的农事诗时代
如今我们遁迹域外，形如野鹤

以山水为药，亦可刮骨洗心
彼何人哉！披发佯狂，奥渺不测
深藏起孤绝的辞乡剑和一双红木屐
伫立船头，俯身于滟潋碧波

满空皆火，湖心燃烧着七月
船在移动中击碎了过于明确的东西
诸如必然的遭遇，不死的陈词滥调
将一次横渡引向一生的慈航

1999

多棱镜，巴黎

一

绿叶中有喷泉的眼泪循环
五月的街头画家，我欣赏他把明亮部分
处理成天使。它太高了所以你不能
叫它趴下；无性，因而徒具光辉
早晨的太阳是初生的婴孩
如果你赞叹那云的浓艳
雾的色情，就不必在天体中寻找
未来的祥瑞，过去的奇迹
你曾经滔滔不绝，如今为何喑哑？
水边的乡愁吹皱了月亮
风之谜响彻我记忆王国的幅员
陌生的事物犹如彩绘玻璃
镶嵌的技艺，半明半昧
这想象的神秘形态超越逻辑
和夸夸其谈。如果你听见枝头
嫩芽的呼唤，你就是春天
但天使仅属于命名的一种
羽翼拍动，地狱应声粉碎

二

对中介的需要产生了诗
在可见与不可见之间声音往返
像燕子迁徙。远方是什么?
早年的海岸——梦把它眺望
一间土屋——祖母从门里出来
这里是巴黎;这里,河上泊着游艇
我坐着,跟一个隐身人交谈
柱子,柱子,无限地增植
突然,那头颅陷入石头的沉默
远方的缺席者,此处的对面
该怎样从不增不减的奥义
从全仁全树的最高等级
去理解一串鸟鸣:瀑布的瞬间
千钧一发之际就看你怎样对待了
季节里太阳的回归携来种子
燕子仍然是去年的燕子
一朵带电的云将邂逅另一朵
游人朝翅膀划过的水面指点

三

观看或冥想,带着原始欲望
和所有人一样活在浑浊的世上
在乌托邦和死亡的阴影中
风车倾斜着。上方是塔,再上方:群星

但下面，皮卡尔的老鸨在拉客
你需要学会保持一段距离
看人们怎样行事，拒绝或逢场作戏
像那个用报纸裹一枝花的伪绅士
洗衣妇船，艺术家的圣地
这些台阶似乎通向一个秘密天体
孤独丈量我，厌倦的虚无
她舞蹈而来，踢踏尖叫
刀刃般裸露，像一只光芒四射的孔雀
她用最激烈的方式布道：
“胜任快乐，然后给予快乐”
这弗洛伊德的女信徒
像我一样，是短暂的、必死的
却无意间揭示了一条真理

四

太阳加强它的力量，在月亮
后面出现，戴着它的金面具
人人仰起头来看，我也在看
这是日食，一只狗咬住云的脚踵
夏特莱广场，正午时分的街灯如鬼火
司芬克斯狮子把昼中之夜
折叠在巨大肉翅的阴影中
我是野蛮人，听不见天国颂歌
血液里喧响着羿的箭矢
八月犹如尝过不死药的嫦娥
在月亮上睡着了。她做了一个

不洁的梦，梦见自己
委身于第十个太阳
也是惟一的、最后的太阳
她还梦见，灾难的预言变成现实
星坠落，宇宙沿不周山倾斜
但太阳加强它的力量，走过
我们上空；狮子鬃毛如火

五

多出的一只水果，被分离的
季节或生死。不再能回到果园
譬如这枚看着我的橘子
它的内部空间盈满秩序与神话
一瓣毗邻另一瓣，圆的抱吻
一旦从枝头上告别
就进入生命的第五季，超越
气候，成为一个纯粹的静物
置于观察与观察者之间
当我们说，诗是世界多出的部分
意味着在增多中有所减少
像一只橘之于现实的果园
丰润，喷着香，终极的尺度
取代了过程。我坐在公园的椅子上
剥开同一只橘，然后吃起来
直到它变成我的躯体，我想到诗
也是这样，在不知不觉中写成

六

咖啡浓郁，外面，夏天的雨
神气活现的鹦鹉拖着镣环
练习刚学会的脏话，毫不在乎
天气的突变，它影响到
距离的组织和对乡愁的看法
感伤把往事打磨成水晶
譬如，在一支爵士乐曲里
雨点像悲洲的达姆鼓敲响
又像遮天蔽日的皇家马队呼啸而来
雨珠的排枪扫过玻璃转门
去还是留，感觉都一样
我们进来仅为避雨，面对着面
回忆着少年时代的荒唐事
响亮的木屐漂走了
雨中最初的、秘密的情欲
怀抱南瓜的女人在牛群中走着
走向她家园的槭木篱笆
雨涂抹掉空间的彼与此

七

远游的人望断了天涯路
他走在世界的边缘地带
河流消失，一棵树使天空震颤
羽翼隐入更深的所在

遥远磁力，也许——诗歌的国度
那儿表达一度非常清晰
逝去的人物以另一种方式活着
用无声之言辞跟我们说话，仿佛
在一面镜中。（听不见的痛苦！）
而听是我们可信赖的本质
镜子，一切矛盾的总和
将对立物纳入自身，消融于自身
季节堆积，大地展示循环的花序
“你来自何处？现在何处？
脸像池塘，像南方的夏夜
隶属于家乡的风物与气候”
——去问云，去问河流吧！
没有人从镜中走出来

八

硕大的春天，苣勒丽花园
浮雕凸出的女性之美
被匠人之手赋予，一个神
天生丽质，荡漾水边
谷物般膨胀，喂养着被贫乏的想象
放逐到尘世的芸芸众生
可怕的不是神，而是神的偶像化
有风景的地方就有蒙娜丽莎式
神秘，因为大地永远是初始的
在每一个循环中生生不息
美诞生于对天堂的强烈渴望

像嫩芽的喜悦诞生于雷霆
如今我们谈论着毕加索
为奔跑的裸体的现代感性叫好
这纯真的源泉鉴照蓝天
令我们疯狂,因为尘世
才是我们的允诺之地
乐园短暂,花开然后花落

九

口哨悠悠,鸽子转动眼睛
赤膊的修理工漫游在屋顶
谁知道他们怎样爬上塔尖
鹰一般从高处俯瞰城市
悠闲自在就像荡秋千
那秋千荡过海洋和许多不同的国度
从田野和一幢幢房屋上面飞过
从无忧的童年到孤独的晚年
一旦松手,就将荡入前方的坟墓
谁见过他们睡觉的床?
深夜的红灯区,醉眼熏熏
或许从尖声怪叫的妓女的腰上
他们会发现一个短暂的极乐世界
这些漂泊者,来去无踪
今天他们出现在我的窗口
明天将同浮云一道消失
我在这小楼里沉吟
又一天的暝色已经降临

十

万物都得了怀乡病，睁着孤儿般
忧郁的眼睛，似乎在说：
带我们回家吧，我们已厌倦了
但它们无家可归，只能继续流浪
诗人，你不也是一样
厌倦了游手好闲的生活
和镜子的纠缠，血管里
喧响着行动的渴望
逆风而行，在空旷的异乡
但你终究是一旁观者——看
是你介入世界的最佳方式
因为失去了本质关联的世界
需要你，更快，更勇敢
一个人去构成一片风景
看就是变化。看不见的
成为预感潜入不安的肉体
而不变的是才人代谢的定律
是为永恒而跳动的心

十一

傍晚的拱廊下，富人们坐着
顾盼多姿，由衷赞叹日落的幻美
鸽子肥胖而悠闲，踱着步
打扮成小丑的老人拉起小提琴

音乐，不可抗拒的激流
玫瑰的形式，盛开在隐秘的光中
像抹入骨髓的盐一样耀眼
诉说着，从远处抵达，循环反复
那想象中的音乐闻所未闻
这里，老人拉出的只是一段
吱扭的旧曲调，不能取悦
挑剔的听众或冷漠的神像
来了一群落叶的老鼠，细声尖叫
配合他颤巍巍的琴弓旋舞
偶尔，他不屑的脸上露出一丝微笔
似乎一切秘密就要和盘托出
但那把破琴已不听他使唤
手指动弹着，越来越僵硬

十二

尘世的幸福取决于我们
对自身的利用。我们易碎的
感官像玻璃水杯，斟满欲望与爱情
混合的饮料，从永恒的瓜果中
挤出的汁液，香醇葡萄酒
常使她们热烈地陶醉
解放的肉体是短暂的天堂
让我们庆贺这哀伤的节日
相互敞开，并且相互洞见
神秘姐妹，她的手引导你上升
把握这光辉瞬间，永恒的瞬间！

因为她来到你身边只此一遭
密园之门守护着殉情者
进来是生，出去即是死亡
靠近她吧，向她献上自古以来
一件常新的祭品，崇拜她！
她娴静地躺在那儿，衣裙皱褶间
流溢出不可诋毁的神圣

十三

星球的圆舞是多么惊心动魄
看哪，又一团火向我们滚来
房间里的占星家屏住呼吸
紧急调整着测量工具。然而心灵
人类心灵所承载比星球还多
夜凉如水，轻柔的灯罩下
一首诗倾向于永远未完成：
犹如一个蓝色的不明飞行物
发出陌生而异常强烈的光
排斥我们施予它的命名
或者一个做到一半的梦
甜蜜，但只留下不连贯的片断
这就是早于我们的遗产吗？——
空间，思想与天体汇合的空间
眼泪，面具，镜子，道路……
未知的火候秘密地燃烧着
黎明的马群突破夜的暗室
完成变形——在心跳之外。

十四

异乡空旷，冬天藏在酒窖里
溜冰人远去的岸上，树像受难者
僵硬的枝桠伸长失血的手臂
我想起一部波兰电影
八岁的巴博对冰的期盼
那男孩后来沉入湖底。当他
发问，谁能够回答，说："一切就绪？"
谁能用数字赢取天真的信赖？
我写了一些诗，不合时宜
难以避免重重地摔倒
我需要的是从冲刺中慢下来
从深度的治疗中恢复歌唱
这转变的图像本该是为了你
直到今天才成为一首诗的契机
于是我焚毁手稿，走到雪里去
大雪布置着一个地上的天国
使人相信，过冬的热量源于内心
我只有尝试着从空白处开始

1999

刺　客

一个人,一条河
想到路途的遥远
他不能入眠
亡魂长发披散
独立廊前
一滴血将他唤醒

刺客的心,只有他知道
有多寂寞
这手指本可以
捻着胡须,抚弄琴弦
这嘴生来是为了
取悦美人

王在宫中数更漏
笙歌消歇处
一圈圈衰老的魅影
在他眼前飘
比剑更冷的星光
镌刻着窗上的冰凌
死亡遥不可及
河停止流动

看啊,那废除了自己的

那万里挑一的
把鞍鞯换成了书卷
千年过去了
王已十分厌倦
不见英雄前来
取走他的头颅

刺客依旧走在路上
他永远到不了京城

江阴小调

一

躺在亭子里的人
睡着了
他的两个朋友变成两条鲟鱼
第三个变成蝴蝶，飞入芦花
他梦见云朵
像盛世的仪仗行列
倒映在水面上
他梦见徐霞客
远游归来

二

阳光中的橘树玲珑如玉
不缺乏思想，并不缺乏天堂的感觉
隐逸的芒刺忍受着霜、雪
叶脉呼应叠起的江潮，习习微风
满足于此时此地，满足于
在光的神经中晕眩

三

江船顺流而下时
江水仿佛漫上了月亮
正是清明时节
儿童在岸上奔跑
灯笼颤颤悠悠
像死者的眼睛朦朦胧胧
照着溺水的歌妓
或王朝的传说
向下漂流

四

没有闪闪发光的绫袍
没有门帘上的小银钩
可以透过香喷喷的松枝窥视
一个诗人毁了
接着，又一个诗人
须髯从云端投下
蓝色或红色的影子

五

无非是怪石的诙谐
为庭园增添了情趣
无非是修篁、翠柳

给他们以温柔
你和我勾留，寻找
难免风尘仆仆
沉醉于肉体押韵的诗

2000

伊金霍洛

像梦境的边区那样遥不可及
渐渐抵达的仅是一日的尽头
两三棵树,一座雕像
入夜以前,死者的城门将关闭
马上的人继续前行
去接受一份万古的邀请
并为地平线洒下慷慨的眼泪
褐色的群山。鹰。使敌人胆战心惊的
成吉思汗的弓箭。睡着的鸣泉
这一切,有待被匆匆的一瞥再度发明
我身边的你,公主,膝头上放着
与草原一样神秘的蒙古秘史
将开口为我缓缓诵读
不是我,而是那个为使命召唤的
来自长春的人,与我不谋而合
入夜以前写下了
抵御流沙的这一行诗

2000

送克莉丝黛去北京

天高云淡，配合你的好心情
我想象未来的某一天
你从教室出来，去昆明湖荡舟
或者去山顶洞探究穴居人的秘密
走南闯北，经历了多少风雨
仍然是一个人，坐在拥挤的公共汽车上
阅读宫墙，槐花，风筝
尝试着寻觅早期传教士的行迹
穿上一件彩绣的旗袍
买回一卷魏碑拓本

布列塔尼的女儿，我见识过你
家乡的大海，惊涛骇浪下
一幢幢坚定的房屋，红色花岗岩
凸现出无畏性格

有一个秋天等着你，克莉丝黛
请深深地呼吸吧，因为不久
就会有沙尘扑面而来
一切都在变，北京已不再是
明朝的版本，或罗马教皇所期待的
天国的东土影像
通衢大道几乎超出人的尺度
连天使也无法治理的交通

越来越需要耐心的帮助
让我们玩一遍卜卦的游戏
睽六五:悔亡,厥宗噬肤
往,何咎?

你看这热带的红蕨多么肥硕
极乐鸟花湿漉漉的肉冠多么振作
然而花开之后就是花落
带上你的杯子到窗边来吧
海湾的风会告诉我们,什么该遗忘
什么该保留。你再看注入杯中
这泊船的灯光,五颜六色的
晖映你脸颊的酡红

2000/9

诗话三章

一

身穿绸衣，怪癖的古人
在山水中寻找生命的颖悟
在日常的悲欢中寻找风雅
他们从短暂的事物知道
尘世的凄楚需要言辞的安慰
听从流水的劝告，跟随内心
四季轮转。诗，缘情而发
遇事而作，不超出情理
把哀怨化为适度的嘲讽
用言说触及不可言说者
理念完成于形式的尺度

二

韵府是记忆的旧花园
水在流，石头还是原来的石头
而沧浪的清与浊必有分矣
源头隐去，对我们说“不”
总还有一些可辨识的记号
散落于杂花掩蔽的秘密小径
像点点萤火，像河图洛书

为人间重现言辞之美
宴会散了，瓮中的蜜保存着
等待我们去取，树上的
童年，手摸到星星的耳坠

三

诗人清癯，诗歌必丰腴
风骨不露，而销魂今古
盈盈一握之间，伤逝者慨叹
两种事物的不朽：花与书
当镜子变暗，书写重复着
关于公共垃圾的现代概念
窗外遍吹腥膻，鬼夜哭
客枕之躯惊起，独步中庭
倘若词语僵硬的姿势不能打动
哪怕是一知半解的人
我们自身必须化作流体

有感于周易古歌的发现

——给孟明

一代又一代人思考过宇宙
这本书声称，它就是一个对应的宇宙
整个下午，喃喃念诵它纯朴的诗句
如同一个从地下醒来的陶俑
被面前的光亮吓得目瞪口呆
我感觉到每一个灼热的词
都像一块来自远古飞船的碎片
寂寂燃烧，没入深蓝的涡流

龙战于野；其血玄黄
象与数的同一只神秘罗盘，载着
来源的金，木，水，火，土
现在，在我宽大的桌面上显现
诗，每一行（正如韵府）都是真的
但音乐在卜辞中沉睡了千年
没有人知道，由于断章取义
占问者的未来更显得扑朔迷离

时光磨亮了一些明器般的事物
沣水以西，周人祭天的岐山
东渡的盟誓似乎仍在喧响
一次是修井，一次是婚媾
一次是君子行役，皆可入诗

而目光浑浊的学究们，千百年来
在颠倒的对卦里排列星辰
竟无一人走出命运嘲弄的迷宫？

脉水歌

——重读《水经注》

一

大河在远方闪烁，犹如一道
来自北极的光。太阳的火舌下
羿的箭矢穿过云的旗幡
我移动，像山海经中的测量员
雁阵在蓝天书写一个人字
流水浣洗着林壑的耳朵
在我的衣襟前制造一个节日
飞瀑在悬崖绝壁激起回响
一条又一条河穿过我的躯体
帝国的通都和彩邑中有我的驿站
美人因迟暮而忧伤，醒来
衣袖空留昨夜的余温

二

岸草青葱尾随我远去
而生活本是在岸上筑居
为什么要告别笙歌和画舫
去追逐蛮荒的河流？
为什么骑驴，饮风，偃蹇而进

易水而弱水，塞北又江南？
漫长的行旅中，孤独已变成
心的刺客。夜半客船上
家书的炉炭烘暖我的双手
出发的日子，话别的时刻而今安在？
凶年又加上不驯服的河道
星星的沙粒壅塞平原

三

死亡的黑车满载兵器
烽火中的白马连翩西驰
曙光像秘件的封泥那样火红
大河从贫瘠的远方流来
经过同战争一样贫瘠的土地
那么多人在饥饿中死去，又在死后梦见
玉蜀黍和干葡萄，梦见女人们云集
辨认着比冻土更僵硬的自己
手在空中掘墓：苍天！苍天！
她们像怀中婴儿般号叫
那么多等待化为乌有
好似干戈化为玉帛

四

倘若青鸟来过，曾栖于什么枝头？
罗盘搜寻到哪一座仙岛或灵山？
裸国残缺，怪物的想象同样残缺

龙族的血液里有它们的低语、尖叫
禹贡山水犹在，贡船早倾覆
接着走来了游侠，纵横家
和篡位者仪仗中大象雄武的步伐
这片土地的传说，河流的传说
像炭黑的赤壁被烧得滚烫
像石上的勒文，只有风能够识读
连同智者的浩叹都将化为乌有
影子交错，有谁曾抵达过彼岸？

五

渔父调舟而去，桂棹轻点
抛下一支恼人的沧浪歌
多事之秋的高树用伤疤的瞎眼眺望
我走过的泥足深陷的路
一只蝴蝶被尘土压住有无原由？
一只萤火虫为我照明是否出于自愿？
除了继续早已开始的仰观俯察
泾属渭汭的清浊，南北分流的盘根错节
现在岂不是一一稽考的时候？
说，即便最终等于不说
像流星的湮灭，石棺的沉默
铁函有朝一日会浮出深井

六

云梦泽上的云，销魂的雨

宋玉的解梦术满足了楚王的淫欲
清水之畔，篣篁幽幽，名士们
佯醉、打铁、冶游于林中
与残暴的君主旷日周旋
我又怎能幸免侍者的头衔
在奉命陪同皇帝北巡的游历中
梦想山川风物和美的人心
从一部水之书发现了不得已之境
我岂不愿放浪于市廛之间
像绿鹦鹉，在烛光的妩媚中
在玄奥中谈吐世道陵迟

七

开创的人物，天之骄子
遥远如来自某个河外星系
沿着倾斜的日影下凡
敷土，祭奠高山，命名了百川
那传说中的水王不曾回来
广漠掩埋迟到者的悲哀
河与人喧响两种孤寂
一如那不可能停下的箭矢
惟有脉跳还在呼应地下的涌动
惟有记忆汇合成更辽阔的河
当我踌躇着不知该向何处去
月亮那水的魂魄引导我

八

经典已朴散。在扭曲的时代
我只想做一个脉水人
在精心绘制的地图上规划
一度是桃花源,后来是战场的山水
渴时我就以朝圣者的姿势弯下腰
风像色情的山鬼挑逗我:
看啊,一切皆流。但重泉中
我的影子却如如不动
变化多端的四季的仪表
涨落的水文,让我徒然兴叹
并连连发问:什么样的钩沉索隐
可以追回遁走的暗流?

九

这是一则轶事,这是流亡
漫长的行脚从一个龙忌的字开始
只带上很少的必需品
走着,一个人不仅可以梦见
爵禄、荣名、弄臣的粉墨
可以洗手不干,可以懒卧
也可以远走高飞。没有禹迹
只有银色的丝诞那徐缓蜗牛的
逶迤哲学。对我而言,远
就是近;走,就是用交替的脚踵

量尽河流的长度，大地的幅员
停步倚杖，在峻湍边看云

十

急迫的鹰唳叫着，唳叫着，唳叫着
大地之鹰，展翅在云端
那声音像黄昏天空的一个亮点
神秘的河图的一个疑点
像从殷墟飞来的传奇的巫祝
戴着面具，发出预言：
"旅者，你该向视域外搜寻
在倾听中配制魔咒的力量
你也该知道源头的涓滴原本弱小
逆流而上即与那一脉活水为邻
梦想的颠踬也是生活的颠踬
当大河上的彩虹横绝远空"

僧一行

在冥想的诗行中
千秋就是一条远去的河
测量子午线的人仍在走动
从蔚州到林邑
日影偏向南方
什么是光明清净身？
七曜又为什么行藏迴异？
内心的发问回应着天外
隐约的雷鸣

客星冒犯了帝国
于是妖言纷起
人要深耕，播种
仰观云气的腾挪幻化
人要掬躬，迎迓
哈哈大笑的农神
骑着苍龙下凡

寰极之光晖映一盏犀角灯
太平洋的风吹动百衲的僧衣
夜，天心的旋涡鼎沸
在爪哇，巫咸所未见的南天的众星
第一次撼动了一个中国人的心

他感到宇宙的流体
正穿过他
自顶至踵

2001

无　题

一枝连翘上
秋天痉挛
异乡人走过河岸
回忆使他变成一个灵魂
高大的秋天，一阵风
把落叶的黄金播入了阁楼
你的夜晚与某个天使搏斗
直到星星变成骨头

白昼之钟赤裸着
一个推迟的约会将你召唤
于是你穿过广场
松树之蓝环绕着古塔
鸟疾飞时
水上写着禁止：
石头的面容闪耀谦逊
痛苦的青苔
无语之舌

布洛涅林中

湖水的碎银，在巴黎的左侧
狮子座越过火圈。

松针，你的仪式道具。

风数你变灰的头发，
睫毛，影子凌乱的狂草。

桨，沉默之臂划过蓝天
兜着圈子，干燥像孩童挖掘的沙井
在梦之岸坍塌下来。
呼吸与风交替着
串串水珠的松林夕照
挂上隐居者的阁楼。

巨人头颅，无人授受
磨亮渡口的老钟远在西岱岛，
敲打死囚的回忆。

火鹤，你渴慕的竖琴，
弹拨湖心。
彩虹里盲目的金子挥霍着，
覆盆子的受难日，
林妖现身于马戏团，

爻辞之梅酸涩，
没有归期。

从水圈到水圈，
星的王冠被夜叉击碎。

铁塔下边走来一个亡命者。

马 戏

1

面前这朵欺人的云，
像女骑师红色的头发，
或探头探脑的人
看见它的样子。

2

如此这般吹着口哨，
把美女切穿，肢解，
从丝绸里取出僵硬的残躯，
没有血滴下，没有恐惧；
下凡的天使，彩翼着火，
和自己互搏，忙于自救。
人人都忙于自救。
不知不觉中角色替换。

3

杂耍。风。帽子旋舞，
帽子掉到地上，他不得不弯下腰。

4

一柄剑正缓缓穿过咽喉，
一柄悬而未决的剑，
太多的目光将它粉碎。

5

腾挪，升空，一展身手的时候到了。
在标杠上他意识到，
人不过是猿猴中的一种。
你呢？如果你是天使，
你是否总是从穹顶的高度瞻眺，
说悲愁是技艺。

6

弥漫的，零度的夜，
词语的抹香鲸返回海底。
现在他是一座岛，孤高的
钢丝索的现象学，
他也是他自己的搭档，
靶子与飞镖，
名叫尤利西斯的狗，
鼻子冰凉。

7

自行车上
十个人搭起一堵人墙，
肌肉的叠韵，高耸入云；
十个人变成一只孔雀，
旋转着，支撑着，
几乎做到了——
一只赤裸的孔雀。

8

把火喷向围观者，
点燃虚空，
与星星成为一体，
或像陨石滚过地毯的寂静。

9

这是技艺，诗的翅膀，
不超过躯体
或躯体笨拙的运动。
但在极限的努力中二者相似，
诗与人的蛙跳，
不超过一点点惊讶的距离，

当天使的秋千荡过。

10

她把马群称作波状的时间，
鞭打，驱策，点名，
一圈又一圈，闪闪发光。
在它们中间她就像一个威严的女王。
虽然她终不能驯服
那匹混合、怪诞、
最后的人马。

2001/9/22 布宜诺斯艾利斯

清晨的公共汽车

（儿童诗，为安高女士而作）

电视新闻像一部倒放的黑白影片，
恐怖分子已经潜逃。
人们面朝车窗，熟视无睹，
仿佛从未有过什么灾难。
小男孩站着。倒塌的通天塔
在他心中唤起一个形象，
一种迷惑，一个来自
人间悲剧的惊悚片断。
地平线依稀可见，无数的季节
在那儿堆积，因此有不同于金属的
亮光释放，而废墟的黑蜡笔
继续在曼哈顿上空涂鸦。
多年之后，太阳仍会在杯中溶解，
点心店仍会出售每日的蛋糕，
一年一度，仍会有生日，
但断墙的哭泣将不再有人听见。
一个暴发户模样的人头发油亮
（小男孩心想，如今哪里也找不到
卡洛画中那种捏在手里的钱袋啦，
因为连小偷也觉得不雅）
车走走停停，人摇摇摆摆，
汗与香水混合在长方形的盒子里，
坐一趟车前往不同的地方，

说一种方言使用不同的词汇。
女佣、退休教授、异教信徒，
哪一种身份更容易辨认？眨眼间
天使与魔鬼混淆。到站了，
车门开启。小学的预备铃响了。

2001

语言简史

既无名称亦无目光，从未有过酣畅淋漓的流动
——冰川宝蓝色的沉睡。寒冬严峻的刻刀
在那透明的棺椁表面继续跳着透明的死亡舞蹈。

语言抵达那片缓坡，在昨天的猛犸离去之后。
那边走来一个穿桦皮衣的人，他有着从地狱归来的
但丁一样苍白的面容。他缓缓吐出一个词——“花”。

2002

在拉普拉塔河渡船上对另一次旅行的回忆

这水域几乎不能称之为河，它宽得像忘河
一同渡河的人却不一定同归
赫拉克利特感叹过，孔子感叹过
但不容争辩的河流说着它自己的箴言
因为河流乃是大地的舌头
太阳照见船舱里几个爬来爬去的婴儿
城市在一瞥中像一个模糊光斑的恐龙
船尾的人感觉要站得稳些
河流被用来命名逝者，人就只能在岸上
目送，踏歌，深情缅邈地祝福
我想起长江，曾经是界河的另一条河
在镇江和古瓜洲之间，在意识的同样
开阔的水域，你和我谈着话
沉思着，试探着将要抵达的对岸
我们的嘴唇贴在了一起

2002

阿根廷的忧郁

——寄长兄

一

被十几条狗牵着，拽着，
遛狗人像个醉汉，在博卡区。
受制于脚力，他不可能追随
那条大船跑过防波堤，
他和狗，是相似的光点，
一种尘埃，在街头公园漂浮。

经济危机在他的脑海中
形成更大的危机。但码头的萧条，
让他想起波浪中的祖先
拥挤着走下颤巍巍的舷梯，
今天却只有忧郁在测量他的身体。

毛茸茸的大狗牵在他手里，
而他的卷发也是毛茸茸的。
公寓里，一个老妇人被吸引到窗前，
美哉蓝花楹，这阿根廷之蓝，
迫使我停下来观看的裂变。

二

里科莱塔公墓外，
南美橡胶树的根须隆起，
巨大的叶簇感觉着自己的膨胀。
即使你穿上小丑的花格衣裳，
穿梭于咖啡座之间，
也抹不去他们脸上的愁云。

我在死城的街道上散步，
镀金天使像高过屋顶，
湿漉漉的百子莲，
在本地发音中像蜜在舌尖微颤，
像惊异的瞎眼畅饮
太阳的欢欣。突然，一阵鸟鸣
不知是哪个死者的口信，
掠过我的头顶，
似乎在为另一个世界叫好。

同一片树荫下，一边是
长眠的人，另一边是准备
背井离乡者。一个女人
在电话亭里流泪。我无所适从，
剥开金合欢树上落下的豆荚状的果实，
种子显露了出来，它们会不会
生根？我感到抱歉。今天是星期天。
“聪明人应该诞生”，

他诞生了吗？

三

在抗议者的游行队伍中，
在无尽的街道的棋盘上，
在城南的小酒馆里，
在摸三张的露天牌桌旁，

一种预感不断重现着，仿佛
一只时钟里的猫头鹰说出了人言；
一个不知大难临头的醉汉，
高举着酒瓶跳进了斗牛场。

四

塞壬们在夜的街头巡游，
天亮以前歌声将不会化作泡沫。
楔形广场，毗邻的窗下，有一条
失眠的小船悄悄漂离了的泊位。
界河对岸是另一个国家，
残月的犁耕耘着潘帕斯，
野马群翘首北望——
夜风吹落了最后一片树叶！

小儿子在噩梦中惊醒。
从三个方向的远方
都没有消息传来。我推算着又一个

水下的日子：多久一次
以及怎样换气？像潜鸟，
或冻土带冰河下古怪的河狸？
夜空陌生，而季节颠倒，
习惯性地，无论在人烟稀少的湖区，
或安第斯山脉的旷野中，
我寻找过南十字星，
但终归徒劳。

五

冷僻的象形文字舞蹈着
挤入梦境：标上乌有乡版图的模糊地址。
一个刺客走近我的床头索取欠单，
说他感兴趣的并非我的性命——
雪上鹿迹去向不明。
当早班车鲁莽的轰鸣
震动每扇玻璃窗，
伴随我困倦额头的轻微摇晃，
布宜诺丝艾利斯城向黎明漂去。

2002/11/19

博尔赫斯对中国的想象

（一首仿作）

沙漏。秒。最细腻的皮肤的触觉。
玉如意。痒。你读过的书中
既无页码又无标点的秘籍。
太阳的章节。月亮的章节。海的章节。
哑剧的脚本。一首比枝形吊灯更美的
佚名作者的回文诗那循环的织锦。
宫女在奉献之夜对皇帝的规劝。
《尔雅》的一个章节或《易经》的一个对卦。
大禹的病足和铁鞋。滔滔江河。
徒步丈量世界的、作为K的原型的竖亥。
（卡夫卡知道，他永远到不了极地）。
函谷关的两扇门，桌上摆着那
字迹未干的《道德经》的第一个版本。
空虚的富足。逝去的回归。
南海鲛人的一滴变成珍珠的眼泪。
李商隐写给某个女道士的无题诗。
爬上泰山的一只阿根廷蚂蚁。
鉴真号水手划船时整齐的动作。
一张利马窦在肇庆绘制的坤舆图。
宇宙飞船上看到的万里长城。
象征天圆地方的一枚古钱币。
雪落在永乐大钟上发出的声音。
江南那东方威尼斯的富庶与颓废。

考古学家的镊子。木偶的提线。
《山海经》里闻所未闻的奇异动物。
兵马俑的沉默。丹客的炉与剑。
我在日本的一块石碑前
用手掌阅读过的天朝的不朽铭文。
与布宜诺斯艾利斯的一个铜门环对应的
上海石库门上的另一个铜门环。

2003

掌上轶事

哥本哈根。通往码头的步行街。
一个印度人请我到教堂的铁栅栏边坐下，
要为我看手相。虽然我记得“不占而已”的
古训，好奇心还是让我伸出了手。

“瞧，因为遗忘你受到了惩罚。
你将要到绿龙的城堡里去，
走路，而不是像捉住风的
马鬃那样或乘着飞毯去。
你将要走一年才能到达第一座山。”

我想起一个未谋面的朋友的电话号码，
一个使暗淡的世界亮起来的存在主义烛台，
哈梅尔梭画中那些月牙和山毛榉林，
维京人的船，港湾里一条等我的美人鱼。
我想起哈姆雷特。听见他继续说：

“这一切之后，你将回到
故乡的省份，过起幽居的生活。
对于以前未做后来做了的事情，
你多少能感觉满意。你的房子
将在你祖先的墓地所在的那片山坡上，
守着只有你自己知道的秘密，
你每天都将目送溪水朝东海流去。”

一只猴子跑过人行道跳上铁栅栏。
使人昏昏欲睡的北欧的太阳，
在他的墨镜上闪着遥远而陌生的光。

给青年诗人的忠告

也许这就是诗：飞矢之影
反对飞矢的运动。遵循着
天方夜谭的逻辑，大象从容
穿过针眼；对于逝者，濠梁之鱼
有它高出一筹的理解
它们倏尔游动，或止息静观

大师难觅，知音即使在世上
某个地方，此刻常缺席
例如，困惑的伯牙来到渤海岸边
竟然为无情的泡沫而销魂
于是，他弹奏的已不是原来的古琴
谁是那绝响？我们只需聆听

哲学对你如无助益，最好
直接去寻访秋天的山石
水落下去，石，坚定而充实
君子般坦荡。沿着溪涧缓缓攀登
刘晨与阮肇，就是这样在山中
邂逅了如花似玉的仙女

2003

贝尔格里阿诺

每月一次，乘火车去贝尔格里阿诺，
两条街之间是我寂寞的中国。
坐在小站月台的长椅上，
看着铁轨两边的行人在栏杆外面，
等待火车从虎泉方向开来。
南美洲的太阳火辣辣的，
神龛里的圣母像面色苍白，
眼睛低垂（不看好人也不看坏人）。
失修的挂钟照旧停在 8 点 45 分，
每月一次，提醒我
末日不过是某种事物的终结：
一个已经上路的坏消息；
一场堵住一切覆盖一切的雪；
一个带来终生悔恨的过错……
车门打开了，我感到说不出的满足，
因为每月一次，贝尔格里阿诺
都充当一回我的中国，
用它的仁慈、懒散、循环的魔术。
而我的购物袋沉甸甸的，装满大米、
豆瓣酱、小葱和萝卜。

2003

辑四

（2004—2005）

断片与骊歌

愿有一席之地，留给远方来客。
——博纳富瓦

群山宁静的诱惑，
风景中的人物，
如在魏晋。枯坐着缅怀
酒、农事和诗歌，
眺望与地平线的
苦涩融为一体。
在深涧的鸟鸣之上，
乡村教堂的尖顶之上，
林薄初霏，异地的奇峰
像屏风罗列；高处是衰草
和去年冬天的雪。

攀登，像徒劳的夸父
追赶着季节的飞轮，
日落前不得不
原路返回。彩虹
这肉色的、云和光的
饕餮者，探入高脚杯。
湖上那隐身人的琴声
摧折了归鸿。葡萄，
消损的植物美人皮肤上的

薄霜，这些泪水在把谁迎迓？……

此处没有东篱，
耽留就是喝汤，
笔直且感激地坐在餐桌前。
说吧，长啸吧！
你刚清了清嗓子，
沙子立刻就打断了你。
引诗为占如何？
——同人于野，
驱车松软的河谷地带，
恍惚中又见到那座
古老而巨大的避难城。

* * *

往事沉潜了。曾经亲切的场所，故乡命名为仙姑的廊桥已不可见；桥边的水车、桥上听雨的人已不可见。连同祖父俊秀的题诗：

……扬清音兮流水从容……
……效往圣兮后生乾惕……

他们决定拆毁记忆之城，用金属取代文明的木头。你的祖父，雕花人的胡须从案板上翘起，放下凿子去深山采药。你接过吟哦，让它深入皮肤下的涌泉穴。但草根或韵府能否救尘刹于永劫？在东陵，你观察星象，并体会到人在“天道”旁彼此遥远。你怎样泰然自若，漫游于花体字林间而不被狰狞的巨兽吓倒？或像一个穿长衫的学者那样，从半埋在土中的碑石上，挖掘汉语天命的字根？

一片空白。这只人种志学陶器是残破的，难以再现初始之圆。遗嘱的悲哀传给了下一代。

* * *

那个被记忆压垮的生者是你，心情沉重。有雾腾起，红色的雾，在海上。护照像失去土地者的地契，被你徒然攥着。行李箱是你的独木舟，在人群中吱吱作响，额头冒着汗，嘴角尝到盐的滋味。铁丝网的黑灌木开花了，你这侥幸的人，认识其中的一朵。边界可疑的光晃在你脸上。一种对质。当手从小窗口收回，印戳那制度化的烫伤就烙在皮肤上。你要走了吗？你这像囚徒的人，行李箱里有几页残破的手稿，浮云的遗嘱，家传的护身符。

一个早年山谷尽头的驿亭，正幻变成远方的一座海市蜃楼。你记得那个戴红色袖标的少年，嘴唇上有茸毛，站在山冈上，把秘密朝圣的计划透露给了你（那年你九岁，你记下了那个地名）。在深圳，在被害者和未降世者之间，有一座桥，像电影中用于交换驱逐者的那类铁桥，你拖着行李箱走过了中线。

* * *

格尔尼达街 55 号，
湿冷的 11 月的早晨。
街灯张着醉鬼的眼睛，
窄窄的旋梯升上你的方舟。
巴黎，屋顶航行在
街道的深谷间。

静，从墙里渗出云外。
无边。圆的方程式。
抵达的磕磕碰碰。

你的新娘张开双臂迎接你，
整整一个季节，她等待，
她把霞彩拆了又织，
积蓄着眼泪。正当
你从上海乘火车去南方，
作为孽子去履行一场
沉默的告别。
长溪畔，桃花坞，
你的父母，魂魄交托
明媚的山水，越阡度陌，
做着来世的泥土之梦。
你用手挖，挖向死，
无数种死中的一种，
羞辱生者的死。
手捧罗盘的风水先生
摆渡而来，爰册授曰：
远行之子，宜避墓穴。
无论十年生死能否以纸杖衔接，
家葬的行列走过了霍童地界。

太迟了！正如多年后
你那些事过境迁的诗，
通过回忆去触碰：
庙宇、井圈、门廊，

为一个过往招魂，散逸的
已归永劫。没有饷宴，
远方不过是令人
头脑发胀的时差。

你闯入，你这携带着死亡
胎记的漂泊者。醒来，
镜子映出一个倒数的日期。

太阳昆虫懒洋洋地爬过
彩绘大花窗，你挽着新娘的
臂弯站在圣母院。管风琴
同时拉响一千声汽笛。
你知道抵达无非是更远的出发，
你对她说：
“你的美驱散了黑暗。”

* * *

在不同纬度的城市里走着，
在古生物化石前
辨认着鱼骨和叶脉，
把词语当作斯多葛柱廊派
或托钵僧的救生筏，
从悬崖上眺望
港口街巷和海上城堡，
参观博物馆，学习当地的语言，
当地的习俗，吃奶酪，
在生蚝上挤柠檬，
跟同一条街上的流浪汉闲聊，

穿过星期天的集市
去听非洲打击乐，研究
老式煤气灯、石碑上的字符，
比较花园独角兽与
皇宫饕餮兽，从不滑雪，
但喜欢“滑下去”这个词，
在旺多姆的丁香树下
读完半首猜谜诗，
反复默念的一句是：
井边的人最渴。
乘最后一班地铁回到
莱阿尔，或深夜走下
灯红酒绿的蒙马特，
向妓女问路，
结果在圣马丁门附近遇见
歌剧《帕西法尔》的演出广告——
戴面具的荒原人骑在马上。
现在，你来到你的位置
——词语漂泊物，
像海上的泡沫，
看对于你是奢侈的，
而摆弄天平更超出了期待。
觚：礼器，广口细腰。
孔子叹曰：觚哉！觚哉！
一群中国人，你的同族，
在乌麦尔街殴打一个醉汉，
你路过那里，
你记下了那张扭曲的脸。

你不是制器者，只知道
要推翻一条注释
是多么难。关于痛
你没有更好的回答，
它将会在意想不到时
自行消失。这是可能的：
雕像流出了泪水。

＊＊＊

像一排浪那样退去的黎明
重复着，又一个不眠之夜的
鬼蜮工程。你沉思空间，
却被轮回之斧劈开，
月令已死。冬天
在拉雪兹神甫公墓，
你找过你自己的名字。
可怜的，向幽灵讨教
活着的理由。在那
静谧的永恒避难城，
一个老人坐在轮椅上
缅怀他的先祖；
一个拿着一枝风信子的女人
领你去聆听一场死亡讲座；
一个声音对你说：
“年轻时我是一名水手，
到过直布罗陀，
看见海格利斯石柱
我惊慌恐惧，
如今在那个地界之后的

这个地界，我已没有恐惧，
却被寂寞与悔恨所纠缠。”
枫叶落下来，仿佛
早年梦中的天火，
使一切有名字和形体的东西
都带上了半是焦炭
半是灰烬的特征。
人，最终获得一张面容，
在那尺寸略小的卧室旦
仰望甜蜜的星空。
从一句米沃什的诗你想起
一件旧事：你因在斋戒的日子
杀死水蛇，冒犯了乡俗，
险些被溪水卷走。

* * *

橡实、沙、旋转木马。
秋天仿佛一场缓慢的失血，
约会只好推迟到明年。
老人们玩着掷铁球游戏，
沉甸甸的铁球闪烁着，
如意时就撞开另一个，
像词语在表达的途中
排除了莽撞的东西、妨碍
接近诗意目标的东西。

儿子坐在高高的大象背上
向这边招手，开始吧！升起，
降下，升起，放牧着快乐

和眼睛里全世界的晕眩：
群象齐鸣……
音乐在旋转中升高，
变成一棵大树，
向心力和离心力
在同一个平面，
把流动图像映入童稚之心
——那里可能已长出
星际旅行的期盼。

稍远些，另一个你，
从红色山冈跑到月亮的高度，
带着自制的木轮车。
抓紧！滑下去。像那位
寓意大师诗中的喊叫，
从合拢的松枝的拱门，
沿着混合粪便气味
与野菊香的乡野小径，
心跳犹如来到悬崖边的獐子。
在那种加速度中
停下是不可能的，
最终是摔出、翻滚、
膝盖流血，冒险付出
慷慨的代价，然后再度
兴致勃勃地走向
山冈上的伙伴。

* * *

反向的秋天深入城市，水，从银亮变成了暗红。

钓鱼人在防波堤上抽烟，看着上涨的河面，景色中偏暗的部分容易被忽略，码头灰蒙蒙，提前亮起的灯，也把隐蔽的冒险提前。公墓外的探戈在孤独的异乡人眼中仿佛骷髅的死亡之舞；木偶艺人穿着小丑的花衣裳：快乐是他的红鼻子，清白是他的贫穷。雾，弓着猫的腰身过桥。一个行人停下擦拭眼镜，仿佛想擦去突然出现的、对一段往事的内疚。你什么也没变，除了看的方式——固执于眼睛对世界的爱。

每一个街角都深谙色彩的诱惑，报亭对面湿漉漉的花亭柔光四溢。三个小女孩抬着一张藤编摇篮，走在她们怀孕的母亲前面，这动人的哆、来、咪所向披靡，谁不曾让步谁就得从头学起。散步时你感觉自己，就像一个沿亚马逊河追踪蝴蝶的生物学家，正一点点地在内心的广场上，建起一座印象博物馆——这边和对面在同一条街。

* * *

邂逅的彩虹升起在河的尽头，
给我的抵达敷上传奇。
勒马利特号纵帆船来自
布列斯特。有鸟巢般的桅楼吗？
有人睡在上面吗？你
抬起头来看。河水暗红，
这里海鸥和乌鸦都比别处肥胖，
昵狎地叫，追逐在船尾。
接过缆绳的人犹豫着，
仿佛牵着一匹马。
战争已结束。如果你上岸来，

将走过旧潜水艇站庞大的魅影。
城市毁灭了，有什么东西
还在轰响。记忆，你说过，
像针尖。当黄昏，雾从海上
带来湿气，人们就向灯火走去，
冬天的灯火漂过河面，
留下刺骨的箴言。

这是卢瓦尔河。这也是
我涉过的、和款待过我的
河中的河。不易觉察的落差中
水位的变化，被称为流动，
混合于血脉。听见了吗？
那同步流动，那掩埋在一本
古书中的水声，该怎样来
挖掘？当众人都在岸上。
船桨激起的水花，仿佛
十万只大雁腾空，
把心跳带到远方。
我不认识它的上游，
使那里的每一束光都变得神秘，
或许只有返回的水手，
能够一一指点给你，那些尖塔、
林子、以及高卢人的老风车，
直到他们渺无人迹的山中。

我来时是十一月，
难得好天，风修剪的奥地利松树

变成浮云，在我眼前漂。
风还在不断蜕变：
三角旗、窗帘、女人的卷发。
眼睛酸涩。写作像雾中的旗语，
意义难辨。只有吊桥粗壮的手臂
举起，放下，运送着
又一天的落日。
“小摩洛哥村”像死寂的
最后的村庄，冒出地面。
汽笛捎来风暴的问候，
我沿着老防波堤走，波浪像一群
被驱赶的毛茸茸的狗，
要求你领它们回家。海，
唯一的、无垠的海，万顷乡愁，
似乎要溢出你眼眶里的星球。

* * *

流亡者的晚餐。
这个座位是空的，
一些人已上路。

未走的，将继续
几天来的话题：
关于巴别塔之旅。

那符咒的荆冠威力不减，
箍紧了又箍紧。

但丁的世界帝国

在它之后，也仅仅是一座
纸上建筑。

我们能否用语言拆除语言栅栏，
把网撒向沉没的伊尼斯岛，
或返回从前，
老死不相往来的村庄？

侍者为我打开这扇
紧闭的门。
后花园里，西番莲
裹着婴儿状的小黄果。

深秋发出它的准确读音——
Passiflore，
这词义的意外波浪，

使满架的藤蔓同时汹涌，
拍打着回廊上空的群星。

落叶满庭，像基督
受难的血。

* * *

七步(往事之一)

神是树的精灵现身于树

——民间传说

就那么几棵水杉树在村庄的尽头，使我们相信，树护佑的这个世界已足够大，我们在泥巴里弄出的声响已足够大。外乡人进村前须知——绕着树走，且不可回头。树下的卜师，守岁者，掌吉凶与吝悔，令香火永续不断。当我们被一场大暴雨驱赶到那里，人人都像一条赤裸的泥鳅，神龛里的法器：镜子、剑、碗和符箓，便用陌生的魔术把我们固定在原处。无知的胆怯成为最初的献祭，想着，要是能逃之夭夭就好了。

说不清变化从哪天开始，下一次走过树下你已学会仰头注目那个斧痕。(倘若你足够大会举起手制止吗?)树流出了血，温热的血溅到亵渎神灵者身上使他当场毙了命——因为这传说我们长大，留下来或远走他乡。总有避雨、纳凉和求签的人，放下铁犁、货郎担，在吸袋烟的工夫里，从这里眺望廊桥和两岸的村庄(其中的一位，举止稍异)。卜师问："人客，算一卦如何?"那人缄口不答，进村以前绕着树走了一圈，他记得那规矩——在小石子下面放下买路钱。

* * *

七步(往事之二)

群山嗡嗡作响。我错过了为她送行。外祖母躺在纱幔里。我看见她坐在庭前，对镜轻施粉墨，用一根细线（古老的美容术）在脸上轻弹。那株我种的葵花，释放出这个下午的光和宁静。内室敞亮：陶瓷小菩萨，念珠和蒲团。饭如雪，举向三种时间里的救主。窗外是来自须弥的无尽的群山。

在这个叫七步的小村庄我从未长大，站在床上如同站在某个园圃的边缘，她长时间地为我穿衣，翠绿的、她的心长成的菩提树俯向我，似乎七步以外就已不是人间。七日来复，尸祭也以七日为限，或许只是数的巧合。神秘土，带走不同季节的死者，他们不再说话，却保证让岩壑在开花的节令开花。强壮的根系加固着堤岸，并像天意那样裸露着。

群山嗡嗡作响。农人早起担水、耘田、朝向西东；妇女们清晨采茶，午后织布，夜里就用山魈的故事吓唬啼哭的孩子。我们在山上观看瓮葬的地方亮起了鬼火，外祖母总说：死是回家，尔等毋用害怕。那些冥界的小小灯盏熄灭后，第一声鸡鸣就从日出的方向来。

她在厨房里忙碌，但听灶火飒飒便知有客临门（她心想，这回客从何来呢?）。明日是端午，她得赶紧洗涤，燃香，诵经。生活在继续，像串串粽子漂流，漂向瀑布幻化的九条龙。他们进来了，这些粗人，感到手无处搁，于是掀起纱幔，让时间一点一点地回溯。外祖母如花似玉，早已踏上了云头。

* * *

光线随变化的云影而波动，渡过的海，分泌着盐和精液的海，风平浪静时柔滑的绸缎，蜥蜴的绿火迟缓地升起。透过茂密的松枝，河的上游，最远的部落闪烁。那里有世代生活并死去的人在土里变干的血。我们向下走，海在视野里不断升高。垂直的河，牵动大海那水晶的风筝。带斑点的圆石，像正在孵化的恐龙蛋，在尖顶茅屋外围成圈。一个男人跨过低矮的灌木丛，把归来的独木舟拖出水面，他赤裸的背脊拱起。开朗的、爱尖叫的女人，在黏土中烤红木薯，坐在门前编着篮子。

你想起三十五年前在太禄家，
那催你入眠的机杼声和深夜屋顶上
悲戚的叫魂。婚嫁的红稠、
疫病、天花板上响起的穿水靴的
忠字舞、让房东太禄闪了腰的
那只猪在院子里绝望的狂奔。
血，热的血，喷涌并凝固了。

反舌鸟向孔雀发出求爱的咕哝，螃蟹在黄昏的细沙和浅水上爬。海龟潜入深海。越过软体动物摇曳的环形礁，一种史前的寂静让晚霞更有层次、更稠密地涂着海岸的峭岩。这里，最轻微的叹息也会惊动灵蛇。孩子们在鲨鱼的牙齿间捉迷藏，扛着渔网回家去。

被放逐的时间像永远不能
返回故土的麻风病人，在悬崖下，

在星光的刺下，吐着泡沫。

* * *

羽扇豆的叶子释放薄霜，
空白没有对应词。
湖上，岩石的光放大，
白鹰滑翔，某种灵视
穿透地面。马帮像地平线音符，
汇入远去的激流。
在美洲豹低低的吼声里，
你寻找着蓝胡子的异教神，
牧场的云像簧风琴独奏者
肩上的毛毯子，
无花果树散发婴儿的乳臭味，
冻土带铺满千年的雪，
山羊的角相抵，
碰撞出轻脆、悦耳的声音。

在南美洲的深处行走，
触摸金色小牛犊，
却看见二十年前的自己
在果园劳作。一只红麂被猎人
追至山下，没有在你眼前得救。
在一群饿汉的扁担下
那怀胎的母兽瘫倒了。
她短促的、最后的鸣叫
是你漫长人生的隐痛，
使日后的写作成为

为弱者所作的祈祷。

更多用方言命名的植物
悬着灯笼。当渡船
驶向冰河，你在笔记本上
写诗。你注意到
几个汉字被浆果的蓝墨水
淹没，难以分辨。

* * *

年轻人是神，老年人是流浪者。
——史蒂文斯

下午，太阳垂直在河面上。
我看见葛根先生走过吊桥，
像一个爱因斯坦，低垂着孩子气的
悲哀、寂寞的灰眼睛，
想着一个宇宙命题，
从他的汽车来到我的寓所，
腋下夹着几本书。
（他没有告诉我，但我猜出来了，
他的旅店就在汽车里）

他来找我，因为有话要说，
他要让我听听布列东语，
那马蹄铁般的元音符号：
“Ana，我们的女神，现身于
沼泽，戴着月牙形的桂冠。

曾经，祈祷者总要绕着圆圈，
走过她的塑像进入教堂。”
更古老的戏剧，用不同语言
交叉念出的台词，像升起的闸门，
使我的房间涌进了波浪。
我听见墓冢的声音，
一道光穿过杯子，准确而清脆：
“年轻时我成立过公司，
做过葡萄酒推销员，信奉过
乌托邦和造反的政治，
后来又投入捍卫海滩的斗争。
我期待过，爱过，也死过，
如今形同游荡的鬼魂，
却感到需要去做的事是多么微小。”

老人的出走，像卸下戒指后空空的两手，
把炉火留给了永恒的昨夜，
无需“仰天大笑”，而是
如他所说：Je suis mon chemin，
道路领着他到达他所在的地方。
在这个伸入大西洋的半岛，
到处有他露宿过的郊野，
从特里菲亚卡到圣布里约，
夜晚沙滩上带来石头的集会者，
以圆形的密仪召唤群星。
夜——Noz——同心圆之舞，
潮汐去了又来，对岸模糊如梦乡，
灯塔在曙光中楚楚动人。

“我已经老了，但我每天还会醒来，
活着就是继续演剧，当什么都被
拿走后就剩下了个人。
所以演剧不是权力的表演，
举着格拉德隆王那生锈的盾牌，
个人，与天地参而为极，
尝试着不去搅扰任何脉跳，
静静站在话语的光中
——此即我的老年哲学。”

起雾了，房间像船舱在移动，
葛根先生起身告辞。我注意到
他的椅子前方，红色地毯上
有一个脚印。那金黄色
细沙的曲线弯成一个螺号
——“我们还会再见的，下一次
我将告诉你我去了哪里。”

* * *

星宿和母语，寒冷的光环，
低飞在异乡人的血液里，
像古代进入大山中的徒步者，
相信护身符的驱邪术，你相信
这些字根的龙胆没有死。
在如此众多坚硬的物体表面，
经历着不朽的渴望——藏诸名山，
或沉诸深井，甲骨与简帛
再度显露出来，带着时间、
黏土和身体的擦痕。

镊子的精神是越来越纤细。
吹去尘土。此乃初始的天问：
作《易》者其有忧患乎？
那位大师把一一数过的蓍草
敷在伤口上，如此经过了数千年。
而词语在被烘烤的、脆薄的
舌头上皲裂，犹如河流经过
不断的汇合，终于到达开阔的
寂静，在遗忘的块状熔渣下面。
无论你在哪，母语的微火
都照彻你的睡眠，陪伴着你，
在冻土带去接近一座冰山。
指南车旋转时，苍颉飞过。

＊＊＊

打滑的路面抗议轮子的疯狂，飓风又加上大雪。这是世纪的最后一个圣诞节，布列塔尼的海面上，一艘开往埃及的油轮断成了两截。本地人说，比墨鱼的血更黑的撒旦的血，正一滴滴改变着大海，使沙滩变成水鸟的停尸房。年轻人杜拿哈从那边回来，撕下油污的手套，站在客厅诅咒着；他的两个姐姐躲在闺房里，酒杯迟迟未动。

白天你看见人们三两走过史前的神秘石阵，似乎从中吸收了新的勇气，人们看海，谈笑，有足够的耐心。海鸥的叫声令人愉快，使你相信在欧洲的这个滨海小城，睡前的椴花茶与亚特兰提斯帝国的传说一样都将留存下去（孩子们总是百听不厌）。活下去，依赖的是自古形成的习惯。

九十岁的祖母坐着，肘搁在桌布上。窗外，海暗下来，比铅还重。光逃散，巨浪几乎压住屋顶。这时你想，诗，终不可取代面包，或在垃圾堆上面重建游乐场。油污只能一点点排除。你出去，走向一截旧城墙。

* * *

厨房里飘出火腿烘饼的香味，壁炉上方，莫迪格里阿尼的红色裸女被织进挂毯。星期天，总有人站在运河的小拱桥上观看下面的水闸。乐声放大了一点。她解下围裙，你们共同的萨福走在橄榄林中。桌布让你想到从海上回来的欣伯达。家，你这笨拙的人，还不太习惯那久已生疏的仪式。乐声再次放大了一点。墙上那只中国古琴如剑匣，飘落桐木香。现在，她在你对面坐下来，你把鼻子伸向盘子，嗅着，像一只北极熊（从前在外祖母的餐桌上你也这么嗅着）。单词跳起舞蹈，腌菜和瓮变成苹果酒、餐刀、面颊上的吻。

* * *

可见的雪，离我们最近的景色，向下倾斜。旅者从不同的方向抵达，带着避孕套、地图和指南针。客栈外面的空地上，卸下的马车轮高大、结实，飞去来器像套马索在窗前低旋。婴儿在母亲怀里熟睡。百子莲塔状的花序中，黄蜂细密的茸毛像黄金，令观察者更深地沉溺于对微观宇宙的好奇。

骑马散步的人沿河岸返回，野牛（据说祖先来自西班牙）站在林边朝落日的方向张望着。

水晶在石头的内部凝聚——

牙齿的形状，一种修辞现象学
缺少的仅仅是主义的雄辩。

动物的眼睛里总是漫溢着使人想到乡愁的物质，不依赖于任何发出声音的语言。河，向下，清凉涨满我的肺，为了喝到水身体必须前倾着跪下来，从前在故乡的山中也是这么跪着。

倒影中一张晃动的脸注视你，
手浸入时被什么打碎了，
但你更强烈地感觉到了它。
记忆是另一种汹涌。

* * *

哥特式的厅堂，
防腐木板墙。
肖像中的人物好奇地
打量着你："欢迎你，
客人。我们都已是逝者，
如果感到漂泊就想想我们这些
再也回不来的人吧。"
那天你在山上采撷
（并非练习辟谷或养生术），
带露的地丁
像精灵的舌头
舔着你的手。
村人请来的小乐队
正在庆祝新修教堂的落成，

白色建筑下面墓地敞亮。
你看见，背着木头的
丹尼尔的叔叔，
在铁栅栏外注视着风信子花，
他不久后的归宿
那纯粹的美
令他赏心悦目。你想起
托梦庄子的骷髅
所谈及的死之乐，
灵魂无须在某个边界等待，
或许是对乡愁的
更有效的治疗。
丹尼尔打电话来，
询问山居近况，你告诉她，
摘越橘用的箕子已找到，
登山鞋虽笨重但很合脚。
你睡得很香，
早晨听见门外铃声，
你知道，是山下
送面包的车子来了。

* * *

走出伦卡树林我看见这条
河，在奥内里冰川
和下面的大湖之间，
一个适度的缓坡，
阳光像鲑鱼跳跃。
野蛮人，你在岸上跳舞的腰肢
模仿了这流水书写的完美的 S，

手掌印在天空，踢踏的火
升上标准型的岩石之塔。
一个倒过来的世界，
够不着的影像的流动
是无穷的，似乎犰狳
和阿根廷龙仍在
河底走动。你走去。
而你知道，已经有无数世纪
在你之前，冻结在河底。
浮冰从上游漂来，
碰撞着，带着岩浆
那种被烧焦的鲁莽的热情，
消耗着，像北方的腊祭。
我将用什么打破这原始寂静
或者像他们那样用词语去钩
漂过来的水晶的僵尸？
你似乎听见奥菲丽娅在唱歌
一首诀别的歌。漂，像百合……
这是可见世界的一种限制，
意义的多向折射，
而太阳的生殖之蜜
与大地之血，构成
另一条河，在另一个躯体中
不可见地流动。远行的人
在我之前已经走远，
在白炽的、沸扬的正午。
总不能在找到德古耶彻人的
皮筏子之前冒然走进

刺骨有如箴言的水里去。
于是我想象放弃复仇的哈姆雷特，
登上周游世界的大帆船，
并成为桅顶上的守望者。
雪的洁白卷轴铺展到你脚下，
你知道这片风景是漂流的结果，
来自艾尔查登的费茨三主峰，
来自那冰河上沉睡的宫殿。

* * *

星星在槲寄生的刺上闪耀，溪涧像戴脚环的妖精欢快舞蹈。山上的平缓地带，满树的风想把你兜起来，像猫头鹰那样俯瞰峡谷的黑暗林地和远处的一马平川。披着亚麻布，移动在砾石和流水之间，你嗫嚅着：

夜鸟是宇宙的心跳，
熊熊篝火是土地的翅膀。

大山用沉默呼应你，并且知道你丢失的藏在风的口袋里。蟋蟀已停止鸣叫，唯一的木牌，像抛在荒野中的十字架，指向牧羊人的小屋——罗歇之家，因为谐音人们都叫他岩石先生，灯光泻在门槛和户外的干草堆上。[山下小镇。酒店。]女老板告诉你，大雪封住了道路，整个冬天他都不下山。一个人，只是一个人，没有别人。

儿童时代的雪使房屋变矮。你看见自己朝瞎子祝庵的烟囱里扔雪球，被那举着锅勺的说书先生骂飞了帽子。就这样，你迷信符咒与报应并惊讶地发现，小时候说过的话在他乡长成了没药树。下午，你和罗歇先生坐在树下对酌一小杯兰姆酒。当他的十几只羊全都在后山安静地吃草。

＊＊＊

潮水舔着向晚的布列塔尼，河口上，羽翼与夜色合拢，又一条渔船出海了，从我的窗外。松树像刚从理发店出来的渔妇，被告别的晚霞照得面颊羞赧。一种莫名的冲动驱使我，下楼去追赶着这条船。我想起孩提时代在公路上追赶木壳长途车，每次都盼望，父亲出现在从车上下来的乘客中。没有，今天又没有。你奔跑着，直到村庄尽头，孤零零的界石，或大雾，每次都抑制你跑到山下腥膻的海里去。

现在“小摩洛哥村”缩小成一块青苔，渔船孤单的身影隐入海平线，记忆再次被浪尖打湿。对我来说，老防波堤尽头的灯塔总意味着什么，例如，一段荒岛上的生活事件；死囚的最后一夜；一场只有忘川之水能够解释的诀别。等等……下午，起重机把油漆一新的船从码头钓起放入水中。一对父子（我妒忌地看着他们）忙碌着，补缀了又补缀的渔网卷起，挂在船尾；风向标轻快地转起来了。当它平稳地驶过时，老防波堤尽头的灯塔便频频招呼，一明一灭，仿佛玻璃瓶里的萤火虫，那些制造着梦境的微火。在你的枕边，星与岛浮沉。

那边，不远处，西部偏北的圆形洋面，新月的犁头翻卷起莽荒的云海，夜色美得就像一座绿色坟茔。入睡前总有一些细小的声音使我不安，鸟的啼唤，水或翅膀的拍击。

* * *

千秋是一封长长的信
——已写出的片断：
云笈或铁函，回答着
为何，以及怎样，
继续这类似深夜酒吧里
最后一个顾客的
单人纸牌游戏。
信物，碑拓，模山范水，
纪念那些未成为一首诗
就已夭亡的一切：
监房的死寂，途中的
日日夜夜，朋友的背叛，
无以回报的爱，你生命中
耗费于冥想的
大部分时光。

这是一封天外来信，
像某个外星人
留在街角的涂鸦，
讲着一个无人知晓的故事。
你自己的故事该怎样去讲述，
如果记忆之瓮
埋在一个无人知晓的地方？
“父亲，我一直在等你归来，
我一直站在早年的山上
等待你。”总是这样，

完成后的空虚击中了脊椎。
雪中取火，不留足迹，
是困难的，何况肝脑涂地。

但整整一天我都在读着
这些死亡的诗歌，
骇人的意象几乎是恐吓。
被放大的谎言游戏遮蔽了
一些动作的蛛丝马迹。
重复，被重复着。
噩梦之花，在世界的海滨
飘散糜烂的肉香。
整整一天我都听见鬼的哭泣，
掌声化作蝙蝠，穿过
剧场的柱廊。

* * *

回到那片海，蓝绿色的故乡，
回到你遥不可及的省份。
城墙上架着火炮，
贡船已驶离海湾，
古老的《山海经》中的海，
怪兽们悠闲自在，
口说人言。“震旦国东南方，
有山名曰支提。”
他们在慈航的渡轮上
手搭遮篷，寻访到这片
预言中的土地。
听着甘露寺的诵经声，

虎飞过那罗岩，化身为
晒经的书童。金丹的传说，
纹身的木龙的传说，
统御着那片多水的地区。
（谁若想在山中
一劳永逸地找到源头，
谁就将无功而返。）
围垦者的海堤企图证明
人定胜天的古老意志。
在倭寇与海盗曾经出没的滩涂上，
官吏们衣冠肥胖，蹭破轿帘，
讨小海的疍人笑着，
脚掌淌着血，似乎从未有过
清闲的一天。

回到你的耻辱。
在烧神祇的时代，
人不过是五花大绑的木偶，
囚车沿着世界上最蜿蜒的海岸，
开往木麻黄林中的刑场。
草木含悲，落日哀恸，
铅弹迸裂了精卫鸟的幻象，
高跷上的巨人
仍游行于云中。

* * *

在风景与目光的频频交接中，
你有所发现。例如，两滴雨珠之间
火车像口琴，吹响新的一年。

向后退去的瞬间的大地，
要求成为一个句子，隐匿于一个句子；
要求你带上这个句子继续旅行。

像蜗牛背上的祖国，
你带着它直到完全依赖于它，
并相信那符咒对别人也是灵验的。

为此朋友们从不同的地方上路了，
我们中有的已经死于途中。

＊＊＊

除了旅程的终点，
没有别的终点
把你等待。寒冷磨成
闪光的盐柱。
在火地岛，“五月一日”号邮船
给囚徒们带来了信、报纸、
嫩绿的蔬菜。正当他们
脚踩在沼泽地里，
艰难地开路，伐木丁丁。
大雁的影子像钢琴家的手指，
触摸到密林中流水的心跳，
直到冰覆盖住最后一个
雅干人点燃的篝火。

世界尽头的这座章鱼形状的
监狱，牢牢地
嵌入岩石的肌肉。海，

被时间锈住的、未曾渡过的海，
侏罗纪的涂料填满
空贝壳的眼眶。——回家，
他可能想过，但每次
一这么想头发就会像脆弱的灯丝
痉挛起来。我漫步在廊道里，
细细观看。活板铅字、大帆船模型、
饭盒、以及囚服上的老虎条纹。
照片上的人物，那个罪人，
目光强有力得足以熔化兽笼。
当海象挤作一团，
昂着头，把月亮高高顶起，
我在他的眼睛里仿佛看见，
那条沉没的邮船还在缓缓抵近，
载着死亡国度的必需品，
被冰渣咬得伤痕累累。

信天翁从海面惊起，贴水低飞，
金属的拍击声一下一下，
巨大的翅膀连缀成一道
变幻的、雾状的浮桥，
要一直铺过
但丁回到地面的缝隙。

* * *

火车站，告别式。
钢与玻璃的圆拱，
撑起一个临时大舞台。
在一首诗的末尾你写道：

总是这样，像老式列车
淹没在排放出的雾气中，
令人怅惘地滑出月台。
尽管大地的琴与弓
拉出的曲调不全是为了
离去的人，同归者
却屈指可数。夜的话语之岛，
月亮漂回莽荒时代，
从头开始久远的叙述。

说吧，河流，
因克服羁绊而开辟出的
河床、峡谷、流域，
静静淌过乌托邦之境
（在韩幌的《文苑图》中，
他们沉浸于灿烂河汉，
倚着芬芳的松树，
仿佛为宇宙知音所驱策）。
如果他说：生命虚幻，
你就举一个例子，
告诉他：爱是真实的。
在燃烧中把光洒向对方的
星星的友谊，给你
更高的范例。这意味着，
书写可以继续也可以
停止，如果没有爱。

2004/11/12 法国圣纳泽尔
2005/5 北京改

去帕米尔之路（三首）

南疆札记

1. 莽荒的上帝读着沙漠的盲文。
2. 库车之夜，我收到火星拍来的电报：这里曾有水的痕迹。
3. 死去的河流像扭曲的干尸，在天空的陈列馆里。
4. 语言，尘埃中的尘埃，在漫漫长路上飞扬。
5. 桨，立在船形棺前。沙海的水手，告诉我，你梦想着什么样的航行呢？
6. 商旅的驼队向东，向西，太阳烘烤着眉毛、胡子和馕。
7. 走。一旦躺下，你将冒着被风干的危险。
8. 从看不见的边界到边界，我细数那些消失了的国度。
9. 有一只蚕梦见过罗马，或相反，罗马梦见过一只蚕。
10. 胡杨林里的微风：丝与瓷的谐音。
11. 汉公主刘细君——乌孙国的萨福，嫁给了广袤无边的乡愁。
12. 在鸠摩罗什的塑像下，我想到，也许是他晓畅的译文拯救了佛教。
13. 前往长安朝觐的三大士，走着与三博士相反的路径。

14. 设若汉武帝知道，汗血马是一种病马，《大宛列传》是否将改写？
15. 壁画上的供养人有着细细的眉眼。
16. 佛塔——沙漠导航系统。
17. 多么大的遗憾！甘英看见了海，却不知是哪个海。
18. 曼陀罗花瓣——一枚枚五铢钱。
19. 玄奘讲经处的颓垣，升起月牙的耳轮。
20. 在坎儿井的黑暗迷宫里，流水寻找着明媚的葡萄园。
21. 迁徙——从梵语、吐火罗语、回鹘语到汉语；逃过战火和千年的遗忘，《弥勒会见记》像凤凰飞入我的视野。
22. 又一首《醉汉木卡姆》：木塞莱斯酒啊，冰冷的美人，快浇灭我对你的欲火吧！
23. 在喀什，沈苇对我说：有白杨树的地方就会有人烟。

克孜尔三章

一

石窟如蜂房。那穿石的人是谁？
火星四溅，像羲和敲打着太阳。

水，绕过山前，它在笑，
水中有一朵莲花在笑。

沙瑟瑟作响，呶哨来自胡杨林。

骆驼的脚，人的脚，
在起伏的沙上留下热吻。

我在断崖上搜寻，一个名叫
惠勒的龟兹人的题字，

那个内心朗照着佛光的匠人，
我似乎看见他的虬髯了。

二

灿烂如花，诸佛的脸，
在青金石粉和朱砂的斑驳虹彩中，
趺坐着降服了群魔。画工里
有一位来自叙利亚。

悉达多，怎样的一个人！
游历了恐惧和疾病的众多地狱，
善哉！当苦行结束，一只碗，
从陌生妇人的手中递过来。

——颤栗！这从未有人尝过的甘甜，
像星辰、树木与众生的曼陀罗，
在盛满乳糜的碗中盛开，
他走了出去，那边就是鹿野苑。

三

千年一瞬——在佛的指尖。
经历着剥蚀，摧毁和外国人的偷盗，

凿痕像山的肋骨裸露着；

失去了雕像的空底座，
只能交给游人去践踏，
（且导游自称改宗者的后裔）

更多依赖物质的人，空心人，
已陆续来到，仰起头，
被飞天的长袖舞得头晕目眩。

但后山的千泪泉——我听说，
在每一个虔敬的早晨，仍将洒下
兜率天的极乐梵音。

神话，昆仑，雪

进山后下起了大雪。我们本是去看冰川的，登上高处的豁口，封存万古的奇景再度被封存起来，突然而至的雪修改了群山的容貌，使这个神秘的区域更加神秘莫测了，边界已不复存在。几只牦牛向塔松林那边蠕动，很快就变成了雪球；乌鸦似乎为了某种征兆而飞来，匍匐在耀眼的雪地上，谁能肯定它们不是乔装打扮的青鸟呢?

我知道我永远到不了昆仑山，因为作为“帝之下都”的那座山，只不过与面前的这一座有着相同的音节。虽然那儿也有河流，但环绕着的作为界河的弱水，连羽毛也不能浮起，像希腊的厉司河一样，只有死者的幽灵能泅渡过去，开天辟地以来，据说除非有后羿之德，任何人也休想越过这深渊，进入那众神聚居的光辉国度。

山上的悬圃足以让巴比伦的空中花园逊色，在芬芳四溢的金枝玉叶中，生长着不死之树。秦始皇梦想过，汉武帝梦想过，多少文人学士渴望借助秘密的修炼通达朝向它的路径，最终都无功而返。倘若你胆敢一试，吃人的猰貐不可能放过你，何况比司芬克斯怪物更可怖的、长着虎牙的西王母呢。然而，正是对丹药的迷狂，诞生了道教的西王母崇拜（不要忘记，“婉衿”这个温柔的名字也是属于她的。）在山下的小村庄奥伊塔克，药材铺里堆满了形形色色的动物骨骼和稀有植物的花叶，给人以一种幻觉，似乎某个不死药的配方一直在民间秘密流传着。

神话的印记毕竟深深烙在了这片曾经被称为鬼方的土地。我走向采玉人离去后留下的河谷，山峦向西逶迤。那个巨大的裂口或许就是愤怒的共工与颛顼大战时撞坏的，山崩地裂的余响仿佛还在不断传来；一些巨石酷似倒下的天柱的碎片，这里那里横躺着。大洪水也可能就是从这个裂口冲决而出……然后，腿有点瘸的大禹来了。

2005 年，岁末

手绘圣诞卡

——给 Jacques

1

布洛涅的林妖躲在树后面
孩子们在叫。嗨，捉住了……
轮到小弟弟站到一棵塔松下
你找不着。天真不在
它所在的地方，再说还有我呢
狗和少女异常活跃
湖水的碎镜在小船的两侧摇晃着
野餐有喷香的火腿和葡萄酒
一朵云落入你的眼睛
为你清点老去塞壬的白发

2

雾中，死者的舰队令人惊异
我们迷失于我们的同胞
和犹太人奢华的碑林
黄金导航，荣登乐土云云
——真是鬼话连篇
“保罗·策兰，我们来看你
像两个彻头彻尾的流浪汉

你生前不曾介意的，现在
也不会拒绝吧？”蓝色石片
闪亮的心形；一小盆菊花
将清香供向诗人的双足

3

感伤的、异地的圣诞节
去年肝胆相照的雪
今夜会暖和你吗？烛光洒向
诺曼底生蚝，蒙德格伊街的甜点
话题突然停顿了。我们失踪多年的
共同的兄弟，今夜将浪迹何方？
浑然不觉地，公园里的小号
像一束光挤进了窗帘

2005/12/20

客中作

1

感官的喀斯特，梦的钟乳石，
滴下心形的乡愁物质，一个汉字的热，
不可见的文火，烹煮你体内的暗流。

树精在马戏团的棚顶蹦跳。
爱笑的女房东，裙摆兜满新采的覆盆子，
请你品尝，夏天用纬度医治你。

2

红松豁亮，梯子倚向火山口，
卜居者守望恩贝多克勒的天堂。
光腚的小孩子玩着疏影。

百页窗外，赤裸的海立起来，
蒙面人躬身园中，蜜蜂向着宇宙迁徙；
甜渗出榨汁机，而墓地盛开迷迭香。

3

广场，你走向它。软化的沥青

刺激小酒馆和熙熙攘攘的方言，
弈棋的羊倌把皱巴巴的帽子捏在手上。

海远远望去像大地的补丁，
帆之蝶扑打的落日叫救世论晕旋，
献给赫尔墨斯的小石堆点燃了晚星。

4

离开酒桶和圆舞，身披狂欢者的
节日面粉，你触摸这废弃的灯塔。
游廊里，堤坝上，女人解开头发，

男人把酒杯高举。夜的那边，野有彷徨，
猎户座倾斜而来。突然，一支老歌，
隐约如雨的鞭子，抽打在你的脸上。

饮者观舞

月亮，打烊的邮局，总在对面，
寄不走的锈住了遗忘。托盘飞旋。
酒精击中你，并忍受你面孔上的省份，
在绿色光焰中扭动雾的腰身：
没有渡船，词语玩着水漂，掷出时，
一次比一次沉得更低。

你能吗？能你就不必坐在这里，
在不正经的起哄者中间，口吃如沙。
马蹄得得，地平线上走过吉诃德先生
和他的仆人，远方遁入无名。
陷在手中，杯子的马蹄沉默着，
一个词腾空，同样会发出脆响。

酒说，现在还不到时候，现在首要的
是为脱衣舞喝彩，试着抱住尖叫的栏杆，
直到她褪去吊带袜鳞片，
芙蓉出水般，露出塞壬本色。
蜡制的海上，千年的螺壳吹起泡沫，
你搅动柠檬汁并兑着海水喝下。

不为影射而修饰，不为取宠而媚笑，
距离之技艺一如色情的手指，
与乡愁无关：它点戳你。夜继续着夜，

你继续留在起伏波动的狂欢中，
剥皮抽筋。然后出去，星星一样
攀登，从更高的地方投身火海。

红螺寺遇雪

雪，无缘无故，
仿佛内部的晕眩，
仿佛梦的舞台，
空旷延伸凌乱足迹。
在通往小天门的台阶上，
怀着又一年的悲辛，
香客们攀登。

无主芒鞋，
寂寞载雪，
搁浅在乱石旁。

哦，莽撞的人，
回望着来路，
正当山两侧的松林里，
乡人的野烟，
消融着初雪。
你秘密的许愿之花，
也旋转着，
飘落在佛像前。

奇境无以言说，

像太阳和雪的销魂。
钟声一下复一下，撞响
千山的沉寂。

2005

辑五

（2006—2009）

迷　楼

观音山上，老人指点一处禅院，称此地曾是隋炀帝迷楼旧址，因有感。

镜中，俯仰的螺钿乱抖，
嬉笑又追逐，取悦着皇帝。
曲房密室洞开仿真的花烛夜。

如果献上金枝和玉兽的人，
只为一睹运河上缓缓驶来的御船，
又何必惊异于宫苑深处的流萤？

他老了，身体的拱桥涨满
欲望源源无尽的春水，
他抽空自己，在庞大帝国的羞处。

恨不能把天下都装进这门牖之中，
又恐怕大限已近，游廊太短，
且琼花那勾魂的美也可索命。

镜子吐出的弑者占据了四野。
他怕的其实是自己，从某个轮回中，
将脖子套向锦带，茫然竦惕。

2006

西湖的晴和雨

塔中的舍利在夜晚放光，在白天
说着箴言：摆渡的人正打开一扇水之门！
曾经是禁苑的内湖泄漏了春色，
馈赠午后一场短暂的晴雨交合。

从波心吹来蚕与蛾的思乡曲，
太阳在云中吐丝，在水面织网，
我在你眼睛里垂钓红鲤鱼，
上岸来呀，快接住这个耀眼的词。

湖畔派坐着痛饮杯中的虹霓，
当风把堤上接踵的游人熏得睡着了，
苏小小就从墓里出来，唱一曲：
云破处，销魂雨过，犹恨晴晚。

黄昏把西湖磨成最耀眼的词，
丁香在你的发绺间窃窃私语，窃窃私语，
你眼睛里的鱼游入我的怀中，
我取出一封信，我升上孤山顶眺望你——

岸柳像那祝英台恢复了女儿身，
披一袭青烟的婚纱飘向夜，
你的莲藕心结在水上，你投胎为人，
领我穿过每一处秘闺重阁。

2006/5/7 巴黎

忆香山

这些叶子，秋天的蜡染，
去年我们错过的，今年又红了吗？
既未见，也不能向谁去打听，
串串风铃鸣响的琉璃塔下，
我依稀记得，斜晖中，
寂寥的釉反照着你的脸，
那一刻的幸福在你眼中闪动。

一处旧屋，几棵椴树，
一匹毛发浅浅遮住额头的白马，
主人不在，因而是格外安闲的。
为什么一定要登上鬼见愁，
去等不存在的飞碟？为什么不是
倚树，看马儿吃草的模样；
躺着，看风筝悠然的模样？

密林中游人踩出条条小径，
不堪的身影隐现其间，
我们踏入任何一条，
总会被引向更多的分岔。
凸面镜中，我忽然看见了
另一个你，以及高秋的摇落，
或许我永不明白，为什么
越真实的就越是模棱两可。

拨开树枝,京城豁然于眼前,
不经意间,脚触到无名坟茔近旁,
落叶那寒冷的唏嘘。
喜鹊像早夭者变的在草上跳,
寺钟似乎还在听不见的云里敲。
是啊,为什么一定要登上鬼见愁?
当两个下山的老人没入夜色,
幻美的亭子空着,形同虚设。

2006/12

秦始皇陵的勘探

七十万奴隶的劳作算得了什么？
在骊山苍翠的一侧，他们挖，他们挖。
再重的巨石终比不上强秦的课税，
撬不起的是公孙龙子的坚白论。

痴迷的考古学家在烈日下勘探，
且为我们复现出，无论过去、现在、
或将来，各种暴君的癖好：
生前的奢华，死后无限的排场。

七十万奴隶，七十万堆尘土。
上蔡的李斯还能到东门猎几回兔子呢？
阿房宫固然华美，经不住一把火烧，
肉体的永存有赖于神赐的丹药。

空旷的帝国需要一些东西来填满，
需要坚贞的女人为远征的夫婿而哭泣，
六国亡魂该听得见长城轰然倾颓吧？
该知道，地狱之塔奇怪的倒椎体。

但这深处的死亡宫殿却是有力的矩形！
在令人窒息且揣摩不透的中心，
我猜测，祖龙仍将端坐在屏风前，
等待大臣徐福从遥远的渤海归来。

而机关密布中的弩矢是否仍能射杀?
躬着身,模拟百川和大海的水银,
柔软且安详地熟睡着,一朝醒来,
会不会吐出千年的蛇信啮咬我们?

隔着木然的兵马俑,在相邻的坑道里,
殉葬的宫女和匠人吸进了最后一口空气。
封墓的瞬间,透过逆光,他几乎看见
一只侧身的燕子逃过了灭顶之灾。

2007/2

大理州的微光（四首）

苍　山

十九座奇峰护佑着一个国家，
十八条溪涧像泪腺逸出，
那万古不易的巍峨与葱茏。
林下青冢，杜鹃与兰花绚烂，
水淋淋的太阳升上洱海的妆台。
农夫在阡陌间直起身，
苍山就在他的脸上呵气。
马帮过桥时，年货进了村，
土地不死，多彩的衣裳酩酊。
又一个外乡人站在感通寺的山门外，
通报自己餐风饮露的姓名。
乌鸦绕塔三匝，大雪落下来，
引领我把头抬得更高一些。

庭园劳作

山色不改，林梢吐纳
如丝的薄云。你站在木梯子上，
惦记起弥渡这个地名。
几只陶罐安详的样子，
似梦见了的水和土，

或几尾山涧里自在的红鱼。

静养的日子，有一种东西
在天上张望。薄云聚散着，
新迁的候鸟似乎患上了晕陆症。
几天来我注意到，
通过你殷勤的手指，
那棵山茶树的嫩蕾
开始了热烈的燃烧。

高原X光透视我们，
苍山与洱海之间的缓坡地带，
像太阳神的一道赦令。
蝴蝶迷乱的过渡在须臾完成，
人却需要更多的劳顿，
且让江湖郎中的火罐，
永作了孤寂的抚慰。

黄昏星刺激起炊烟与犬吠。
山后，雪域的无人区，
一只鹰安稳地收起了翅膀。
我的阅读已近尾声。
从木梯子上下来的你，
与房东太太说着话，
洗净了最后一片山茶树叶。

蓝　桉

河带走了传说，

人不断地告别。
汁液回旋，星星熄灭。
山谷的早晨从井底升起，
树下的女人倘若不被香气
击毙，就神秘地怀孕。

花催开一季的丧葬，
正当谷物尚未被河神充盈，
离此不远，死者思忖过
羽化成一只猫头鹰后的生活；
摇篮的动静牵系入睡的手，
门轴梦见转动它的人，
月光激起了水波。

尸灰瓮的绿釉滴着春光，
沙取代香枕的柔软，
没人见过的叶子取代了刀刃。
采撷的手指细长，
本身是植物。
她在烤烟房的塔楼上眺望
不久将要迎娶她的村落。

弥渡的罐子

晚霞绽开礼花，
卖陶器的人出了西城门。
你把它们摆放在院子里，
安详，柔美，像睡着的黑天鹅。

“要是能带回这些滚圆的东西，
我们将给它们喂什么？”

在夜和死亡之沙来填满，
恨的石头来敲碎以前，
这些甄轮上飞旋出的手工之花，
透气如虹的釉——
从泰初的寂静里递过来，
一圈圈女娲的指纹清晰可辨，
将把星座的允诺
放在日子的托盘上。

它们将被带上飞机，大大咧咧。
来吧，来抱紧属于我们的土魂，
用心去喂它。

2007/3

水晶貔貅

——给马僮

带着这小兽
这紫绿色水晶的吉祥物
像游方僧和他的老虎
携行于未卜的国度
血的足迹没入荆棘丛

带着它身上的民间传说
让那逃离王位的龙之子
来做我游魂的伙伴
如梦中的浮标，当风起海上
稳住我征兆的独木舟
如一个来自火成岩的咒语
不怕它被掷回到火中

带着它绿绒的柔毛下
紫的心跳，礼花状云纹的奔跑
擅长撕裂的爪合着我的节拍
带着它尾巴的旌旗
——你的红丝线系住了我的心
直到 S 地——以它的勇武
吓跑路上的魑魅魍魉

一个拉萨女人

世界无非是这条街。正午，格萨尔王的马鬃
像云朵飘动。手在转经筒上感觉到
胎息的热量。雾升上来淹没她。

男人们需要逸事，趺坐诵经，喝酥油茶，
谈起从前宫中的秘闻。白头翁闪闪烁烁。
拉萨河，祖母的河，祷歌悠长。

我从未去过拉萨，但我看见她，
怀里揣着那包盐，走在回家的路上。
风撩起蒙昧的卷发吻她的脖颈。

每一个山峰都是神，谁能说它们不是
神？正如耳环、家庭的成员、
她信仰的基础，谁能说不是生来如此？

我的想象不会比她身上金色的汗毛更真实，
不敷眩笔，或添枝加叶。当盐在锅中噼啪作响，
秃鹫也已清理完死者的腑脏。

2007/3 改旧作

父亲的迁徙

他们找不到你。在当年草草埋葬你的山冈，
风布好了迷魂阵，那片故土在漂移。
长得过于茂盛的蕨像梦中的植物，
拉扯下午的阴影。我们沿溪谷，缓缓走上来，
带着被抹去标志的记忆的黑地图，
紧随气喘吁吁的收尸人。

你躺在那些肥硕叶子的大氅下，
在死的庇护下你躲得很严实。
答应我们，父亲，出来吧。再也不用捉迷藏了。
你的纽扣像白垩纪的小海贝——
这家族的圣物也被小心安放在瓮中。
现在，我们让你再度迁徙，
飞行在迫害者的笑声够不着的地方。

2007/4，清明节

猫　眼

——给徐累

头脑不能满足这些普通的奇迹
雨声在春宫图的耳朵里太柔软
节奏也太过分明了。我看见人死去
似某种偿还，但终究不能满足
因为渴望迁居到镜中
从扭转的反物质世界里掐一朵花

趴在窗前又怎样呢？无非是
暝色覆盖了平庸的野心
而灯火助长着酒酣的高楼
因为猎犬又紧咬着天狼星
我静观，悄然品尝着孤绝的滋味
玩着宇宙的抛物线，活得几乎没有身形

高兴时我舔我自己，以尾巴为巫术的道具
转着循环论的圈子，像不知疲倦的雪球
再也不去灌木丛里与同类厮杀
当中秋的皓月破云而出，升上京城
这已然是今年的奇迹。我，画师的幽灵
将绕过宫墙，把影子投在护城河里

2007/9/20

记梦之一

父亲的命运变成我的。
在战争中，但不知是什么战争，
我做了俘虏，被带往一座桥，
将充当业余射击手的活靶子。
那人出现了，横端着卡宾枪。
出于恐惧，或逃生的本能，
我从桥上往下跳。下面：深不见底。
时间一秒一秒地过去，
像电影《仇恨》中的主人公，
我重复默念着那句台词：
目前为止，一切都还好。
目前为止，一切都还好。
直到身体接触到柔软的地面……
我没死。多么值得庆幸啊！
竟然以这样的方式得到了赦免。
但就在此时一颗子弹从另一杆枪中射出，
并击中了我。五内俱裂。像一个死者，
我从可怕的绝境中醒了过来。
爸爸，1977 年夏天我的无知和胆怯，
今天您已经原谅了吗？
不久，我就要活过您的年龄，
这个梦的奥义请昭示给我。

2008/2/13

无 语

一片瓦砾就能置人于死地
五彩的地震云美过虹霓，像谎言制造者
愿望中最小的，逗留在咽喉
那个钻石形状的词被刹那所掩埋
遗恨在黑暗中睁着眼，守候没有的苍天
另一些人赶来，呼叫，找寻，挖掘
在相隔着一座泪桥的距离内
悲怆的招魂总括为一句："娇儿，你在哪里？"
他就这么走着，从废墟到废墟
穿着白色的苦难，或许已经精神失常
而附近，一个死去的母亲用最后的乳汁
运送她来自另一个世界的爱
婴孩获救了，代表新人类活了下来

2008/5/21

同里或暮年

在同里，我不做异乡人
我独自走过的子午圈
变成一把裁缝手中的卷尺
为我裁一袭本地绸衣
我的诗也将夺胎换骨
并与小桥流水叶韵

月令中的每一场谷雨
都下在南园和西窗
像羞涩的昆曲，或蚕食桑叶
晨炊多美啊，尤其是雨中的晨炊
我将闻鸡起舞，并戒掉空想
以及东山高卧的习惯

起居与老街的商业都很适度
一只梅瓶的细颈适度地弯曲
木屐敲打青石黄昏，私订终生的秘密
孵化着因灾变而迟放的牡丹
看风景的人像豆子一样渺小
移动卷轴中的青绿山水

茶社里烹煮的国事正酣
朝代可以更换，清议则不可
三月在戏台上紧锣密鼓

读罢新诗，让穿心巷穿过我
来到湖上。罗星洲收拢大群苍鹭
一个渔父在舟中回望着古镇

在同里，我不做异乡人
闭口不谈昔日的远游
绕道衙门去造访一只蟋蟀
寺钟响时念起友人的问候
我每日关心的无非是这些小事
一粒微雕的米或一行诗

2008/8

空 地

墙倒下的地方
房子袒露出光阴的内脏
混乱，温暖，历历在目
这张床爱过，忧伤过
孵出过鸡雏和星空
这账簿一打开
雪就落下来
雪落进他固执的白发
记忆绵延
像童年的山脊

一片空地上，冬天的
无名杂剧正谢幕
金鱼缸不再吐出气泡
因为金鱼已死
球无端端地自己在跳
空地却不给它回声
家神难堪且袅袅
目睹自己，从镜子里
呛人的烟缕
扬起惜别的灰烬

流　水

别再说起钟表或温度计
向岩石榨取蜜或果汁
一朵谎花，开在太空
招惹众星羞恼
我的翘楚是满园枯山水
密封舱是另一座矿井
废墟是桥，通向词的深渊
松鼠捉住滚过来的一枚松塔
敲打侏罗纪的无边干燥
走在街上的数字做着集体的淫梦
风乍起，最后的蕨类上的霜
玲珑，细小，在边缘蠕动
死亡加速着反应堆
我要求一只桨，划过
这劫灰的流水账

2008/10/11

诗

恰如你所看到的：
渔夫合力拉网，把沉甸甸的饥饿
拉出水面，正当晚霞透进厨房，
染红新铺的桌布和妻子们
向外张望的脸颊。渔网在升高，
重量在下坠，人与大海
仿佛在为永恒而拔河。
一尾卡在网眼上的鱼——
瞧，它扭动着腰身，
它挣脱了绞索，
它把水珠像彩虹一样甩向地平线。
（大海在下方重新弥合）
这幸存者，无论你还是渔夫，
都不曾看见它丢失的鳞片。

2009/5/29

为孙玉英画像

姐姐，莫迪里阿尼的神秘情人，
不可能是你。精灵们坐着，
翅膀折叠在阴影中，眉毛要细，
目光要矜持，不该像你，
把丹凤眼眯成下弦月模样，
悲哀也不能阻止那突然爆发的大笑，
吓跑榕树下尖嘴的媒婆。

壁炉前，慵倦的沙发上，
没完没了做着白日梦的女孩，
巴尔蒂斯不会让她们穿上你的布鞋。
你四十码的大脚，唐伯虎当然不会
看上一眼因为它不合江南的口味。
你是山区杂货铺里的孙二娘，
你沽酒，你养汉，用处女的贞操。
你叫初来乍到的小知青夜夜
在后山猫头鹰的叫声里梦遗。

叫不解风情的我，绕着柜台，
寻找你藏在酒坛里微醺的面孔，
叫饥肠辘辘的我，脚踩在漠漠水田里，
目送你，姐姐，女巨人般的背影，
被拖拉机的车斗载往遥远的县城。

从火地岛归来

走了那么远，在火狐的视线里，
穿上钉耙状的铁鞋，
感觉到冰川在脚下移动，
崩塌，发出巨响。
而就在附近的原始森林里，
恐龙们缓慢悠游，
毫不理睬人类的存在。

蓝鲸越过南极竞技场，
返回宁静的海湾，
将在十一月产下幼崽。
看吧，它们就这样倒立着，
尾鳍的 V 字型升起，
向捕杀者的轮船打出
警告的旗语。

乘雪橇兜风的游人
冲着悬崖上的灯塔喊叫：
“等等我，美景！”
“信天翁，快向我俯冲！”
我宁愿独自留在炭化的沼泽地，
用我黑暗的胃，点燃
面包果的灯笼；宁愿
在雅干人的棚屋里作客，

请他脸上闪电般的粗条纹
为我一一破译，
来自银河系的消息。

寒冷的落日在虞美人花丛里变甜，
犰狳在进化论的挤压下越变越小。
冰川继续在崩塌，城市
将淹没于海底。走了那么远，
我从未走出我们蓝色的星球，
从未邂逅
那传说中的毁灭天使。
在最可怕的梦中，
他抛下天火。

三个招魂者

之一

是时候了，回来吧。回到这
你生长过的城市，你熟悉的城市。
像燕子和失踪的猫那样，
灵魂的定位系统将把你带回到家中。
又一年，我和你父亲坐在餐桌旁，
信任着斗状的七颗星和永恒的轮回，
等待你，从燃烧着晚霞的胡同口，
张开铃声的小翅膀，
震颤我们的耳鼓。

之二

起初我用扑克牌和硬币占卜，
请求陌生的碟仙捎话给你，
看疯疯癫癫的女巫在沙上写你的名字，
但在所有的征象中都没有你的身影；
后来我做了尼姑，在妙峰山的岩石下
独坐冥想，再次陷入思念的悲伤。
一只小松鼠出来看着我，
似乎想告诉我它所知道的。
满树皆响，是你站在树后面吗？

出来吧，亲爱的，别再躲着我！

之三

不记得多少回了，我爬上屋顶，
向西呼喊，向东呼喊，向北呼喊，
用家乡的方言召唤你。
尽管又老又瞎，我的双耳敏锐：
回声追逐着回声，直到遥远的鬼城。
归来吧孩子，异乡不可久留，
荣誉和知识都不可寄托。
快快启程呀，作为我的回声归来！
我手中的艾草将为你驱邪辟害，
南山的涧水已照亮你家的门楣。

2009/6/4—5

父亲最后的日子

指甲划过圆形监狱的墙:我绕着小巷走。
我多愿它是一面鸣响的高帆,
那么我——海盗,站在船头。

我回家,但那个临时住所已贴上封条。
我看见一个箱子在下沉,而我们全都在里面。
妈妈抛来缆绳,没有人接住——只一瞬,
它变成了光束。

父亲的太阳穴:幽蓝的指南针,
在颤抖中渐渐平息了愤怒。
我多愿是一只沙鸥,
飞过时瞥得见这老游击队员,
倚墙而坐,在粗糙的草纸上写诗:
“一首伟大的歪诗”——
将题献给刽子手。

你写啊写,从祖屋秘密的阁楼,
到交通线上的兰花渡;从荔枝与柑橘
碰响的海岸线,到深溪放排者发射的圆木。
多少猿啼的夜晚,多少侥幸的生还。
车裂的阿岚和被剜去半个乳房的汤银钗们,
全都在对岸向你招手,喊着你的乳名。

你回忆着，不知今夕何夕。
你用冗长的歌谣体叙事诗报答了闽东
——那半是神奇半是野蛮的土地。
岛还是原来的岛，山，绵延无尽。
你爱过的女人有的在采茶有的去了香港，
留下你，来到这平静、无悔、宽恕的前夜，
将深深的睡眠融入了血色的黎明。

蕉城：1970 年

苦闷的海峡。台风的最高指示一次次登陆。
高音喇叭取代月亮，向天空宣讲斗争的哲学。
龙眼树像一些瞎子，站在低矮的山冈上，
什么也不指望。螃蟹吐着泡沫，
依旧生活在史前的莽荒中。
疍人的小木屋倚靠着黑暗的滩涂。

我十一岁，长着乡村蛾子的脸，
一头木麻黄的乱发。在一枚捡到的金色
弹壳上吹奏义勇军进行曲和红色少年之歌。
我记得涌向郊外观看行刑的人群，
泄洪般相互踩踏的人群，带着狂喜的表情，
比防空演习更不要命地奔跑着。

我记得那些夏夜，无尽的街头游荡。
有人指控我（当然是向我父母）
为了一部样板戏而翻墙进入了人民剧场
——居然没有买票！大人泼水消暑；
儿童们在巷子里学习怎样“坐飞机”。
我缺乏证据，但我知道
我父母的战友中间，必然有一个告密者。

他穿着运动鞋，像一个矫健的体育老师，
他盯着我，靠近我，突然指甲比蚱蜢更快地弹起，
弹向我额头上忧郁的青春痘。

2009/6/16

在肇源

一枚猛犸的牙齿厚过一个熨斗。
无论如何，你不可能复原，
它小山脊般健壮的肌肉组织，
它轰然坍倒的声响。
只不过是巧合，修建码头时，
人们又从淤泥中挖出了
长角批毛犀和王氏水牛的
完整骨骼。

它们立在大厅里，
像两块黑磁铁，
四蹄抓住松嫩平原。

一万五千年以来发生了什么
——在两次陨石雨的间隙里？

假如有灵视，我将越阡度陌看到：
穿桦皮的人手举冰钻，吵吵嚷嚷，
从白金堡山涌到江上去采冰；
或许我能骑上一尾大鲶鱼，
正当游牧的郭尔罗斯部族，
第一次学会让渔叉
在湿地上空飞过。

恰如此刻，我的目光追随一只绿眼鹰，
向着出河店——
完颜阿骨打击溃辽军的
狭窄地带俯冲而下。

右边是雨中浑浊的、野性的嫩江，
左边：油田的铁制恐龙在
静静抽穗的玉米地里闪闪发亮。

无遮拦的古战场匍匐在天空下，
欢快的猪拱出泥泞的村庄。
回望处，闪电把一颗瞬间之树，
植入云层下方钙化的黑土。

2009/7/18

辑六

（2010—2014）

口信

如果明天,黑色舰队从我的眼睛登陆
请在梦中为鸽子铺好床
并嘱咐它把眼睛转向东方

如果我化身犰狳,从侏罗纪赶来救火
请赞美用拨火棍款待它的人

如果我结结巴巴像石头
在寒冷的高地睡去
你要灵巧如流水,用一支歌把我淹没

如果地球的聋耳朵在闪电的神经末梢
听不见情人们悲伤的低语
请对他们说:要么守着银河示众
要么像海蛞蝓,自由地蜷曲

如果绿衣人按响了门铃,你要祝福他
数到七,我就从彩虹里面出来

2010

用诗占卜

用一个被弃绝的词
从凶手那里夺回的词
颠倒卦象
双手握住最下面那个爻
让它动起来

将要来临的,我们知道你

广袤的夜,广袤的无名
你,异乡者,陨石形状的人
站在初地的边沿,如在十地
那里一座艮山
刺破大气层
一粒精子前来做客
进入橐籥

你召唤灯蛾,你召唤死者
你掘一口通向盐池的井
你敲打恐龙蛋,从中
取出一封来自玄武纪的信
读吧,读给我们听
我们知道
那结痂的祥瑞也是你的

用一个喑哑的词
盛放你的声音
把它拌入黏土，敷在伤口上
把星座的咒语也拌进去
眼睛的网所泄漏的
我们收在心的葫芦里

你，异乡者，为我们占卜！

献给玛呢堆的小石片

拜谒了塔尔寺，湛蓝的清真寺
撒拉人神秘的古兰经抄本
聆听了裕固族少女山雀般的歌喉
品尝了清水湾一只梨子的高原滋味
仍然有什么在云中召唤
为此我们去攀登一座小山
似乎这样就能追上季节飞转的法轮
小径穿越针叶林，领我们来到雪线附近
作为向众多山神的致敬
沿途有朝圣者堆起的小石堆
像秘仪中的暗号、荒野的圣火
相距邈远，彼此呼应着
从这条也许只有雪豹踏过的大坂爬上来
第一次，我俯瞰了澄澈的黄河
震慑于来自河源的传说。我没有忘记
把一枚小石片轻放在玛呢堆上面
连接始于一声清脆的声响
那石头和石头的碰撞，像陌生人
用方言进行的试探性交谈

2010/7

噫吁戏！一个行者

——致昌耀

你听着太阳蜂窝的声息
入夜时河与潢汇合的声息
你手持圭状木棍，像一个竖亥或大章
行走在盐与硫磺的地区
流沙中露出古陶罐的双耳
吹着骷髅的空穴来风

海市蜃楼为你开启天街的拱门
魔鬼城的红舌头把恐惧许配给你
土碉堡里的隐形人邀你同饮
最小的湖仙要用双乳做你的暖炉
带你飞渡弱水，扶摇直上

虚空复虚空，尘埃和野马的远乡
有金冠辉耀于万仞山的巅顶
而下面，蝼蚁疾走于青冢之丘
某个死，美丽如一位判官
等你在歧路口，且备好了
来世的饷宴与笙歌

你走着，不为所动。当你迷路
大荒西经中的珍禽异兽就出来
做你贞洁的向导。销魂地，当你瞥见

一首诗——那稀薄空气里的暗香
渴意就化作一片梅子林

你贫穷，你消瘦如一竿竹
走着向上与向下的同一条命途
噫吁戏！一个行者
噫吁戏！鸿蒙的过客
今夕何夕？卡日曲的鸣泉朝你逶迤而来
你在月下洗着，赤条条地洗着
陶醉于雪水中骨骼的琤琤

2010/7

在陵寝附近

大雁的归程
被一口砂锅所断送
你打捞那归程
你打捞那声音
从穿越西伯利亚般
穿越大脑的人字形

饕餮，一个脏词
在陵寝附近

他们伏在芦苇丛中
瞄准
他们行酒令
用市井闲人的土腔

千年银杏
在你的眼睛里打着旗语
苦的汁液
从你的胆囊升上咽喉

2010/12/13

策兰的控诉

那遭遣的更强壮了
猫呜呜叫，抢夺着地盘
夜枭控制我们的睡眠
但不负责我们的生死
钉子般的眼神遥远又冷淡
我们睡，像猕猴桃和麝鼠
睡在多汁的囊里

雾飘来遮住我们
雪温暖而无垠
城市得了脑瘫症，记不清
称王的是乌鸦还是那黑脸的人
睡眠中我们把什么都忘干净
不指望垂老的钟表匠来怜悯
瞧，那从未造访过我们的
绕过栅栏，走向了别处

星星的火刑堆多浩大
堆在我们做爱的床上
相拥时我们看见海的圆盘里
所有指针都抑制不住乱抖
——从下面浮出殉情者的头
我们把心放在家国的天平上
狼却跑来叼走了

我们迎向收割者，我们已熟透
血的翅膀哗哗作响
而且能够趋光

2010/12/14

祝英台近

——为马僮的生日而作

野鸭三两只,牵动柳丝与春色
新燕投递来一个旧址
邀约我们在呢喃中留下
四月像绿度母的一个眼神
从我们走过的地方回过头来张望

岁月悠悠,我仍在桥的这一岸等你
而另一个你,手捧着山茱萸
正梦着江南某个郊外的青山一脉
像手牵手的年华
起伏又逶迤,深藏起
前世的足音与呼吸

一个你,用誓言的鸟翅搭桥
一个我,在京沈线上往返
一个你,陷在沙发里编织未来的彩虹
一个我,醉心于芬芳的辞气

一年中最明媚的一日
在那一连串叮当响的星光逝去之后
我仍然要问:那把宇宙
和短暂的我们贯穿起来的
是年年不变的流水吗?

2011/4/7

致米沃什

在你离去的这些年里，
世界依旧是老样子，
只是地球明显地变得不可捉摸，
灾难像惩罚，从天上、地下或海里
降临到人们的餐桌上。
我重读你的诗，你那被逐者的哲人口吻
像来自立陶宛的泉涌，不知疲倦，
那滋养过你的通过你又滋养了别人，
犹如太一生水，水生木，木生火。
而此刻正在燃烧的火，请告诉我
能否诞生一个新的更美的星球？
那里没有秘密警察和住在大脑里的检查制度，
没有破碎的城市①，衰败的乡村，
放下干戈举起船桨的人，
手臂鼓胀着仁慈的力量和美，
游荡在心之山守护的幽谷中。

是的，所有的河流都该流向秩序与财富。
但在我的家乡，它们或变细，
或被拦腰截断，或耻辱地死去，
像在沙漠中风干的蓝蜥蜴。
我不知道，如今你安眠的地方有没有

---

① 和下页的②均引自米沃什的诗。

一条小溪流过，好让你平静地眺望，
好让顺流而下的人能在地图上找到
你赞美过的一片树叶、一颗石子、
或某个妇女脸上翘起的一圈眼睫毛。
你纯洁大度的言辞②让我相信
在你想象的至福国度里，没有一条河流会消逝。
其中最神奇的一条：阿尔菲河，
据说，消失在大海之后
又在另一块陆地上再度涌现。
你的声音也是这样，穿过暗夜，
在不可预料之岸激起了久久的回响。

2011/6/29 米沃什百年诞辰前日

驱 魔

仪式在进行，在卷发的旅行者与
年老色衰的印第安女祭司之间。
秘鲁，奥利昂泰要塞像孔雀开屏。
看，她们来了，美丽的膜拜者，
准备好羞愧，赶跑虚荣，
踩灭欲火，额头迎向嗡嗡响的牛虻。

围坐成一圈，发丝微卷，
眼睛蓝如宇宙。当一个人心动，
大家的心都跟着怦怦乱动；
废墟的石圈环绕在周围，
乌鲁班巴河环绕在石圈的周围，
当太阳移位，每个人的影子就跟着移位。

灵龟不动，背负大山的寂静，
一个神手指一只羊驼，把它变成了蝴蝶。
从祭司的瓶中逸出口吐箴言的彩虹：
“回到家，爱之门将为你们敞开，
你们的额头将在睡眠中发亮，像极光，
而施过咒的都将变硬变冷”

2011/8 改旧作

雪夜访戴

什么东西才不是怪癖？
像夜里突降的雪和一个念头？

我被惊醒，喝了酒，
左思的诗让我想起了一位隐士。

解下缆绳已是四望皎然了，
剡县那边是否也是大雪压境？

而在山阴，夏天起我们就热烈地谈论玄学，
靠在几上，滔滔不绝，直至天亮。

剡溪啊，自从我第一次试你的水温，
你就流在自己清冽的节奏里，

但愿我的小船像梭子，在你的绸缎上
滑得轻快，和着你的节奏。

万籁中只有雪，簌簌落在千山，
很快，白眉毛就要把我打扮成一个渔父了。

我的朋友，愿你今夜睡得安稳，
像心爱的书卷摊放着自己。

你若是梦见山中的仙女，
我岂不是那个与你并肩而行的人？

陇上熹微照积雪，放下桨的我，
为何像前朝的传令官那样兴高采烈呢？

你的茅屋外还没有行人，
我多想叩开你的门，大喊一声：

“安道，是子猷来了”。哦，除了雪意
我并没有什么好消息带来给你。

算了吧，我这就掉棹返回了。
我来看你，又何必用召唤惊扰你呢？

2011

在白桦林边

——纪念艾基

流向边境的河
流过罂粟与牛蒡的小站

积雪上面，梅花型蹄印闪着幽蓝
消失在沼泽地里

有一种高秋压低了浮云
一排排房屋贴着山谷

奶瓶碰撞的声音穿越白桦林
我知道那声音也来自你的童年

通过你，“瑟瑟响”变成
词语的教堂——不断地吹拂

而在我们这里，登上瞭望塔的人
肉眼只满足于可见性

似乎黄昏的酸涩
来自一捧捧刺五加

温暖的烟囱，下面是冻土
埋着——穷人的笑——不为人知

似乎恐惧从未袭击过一只熊胆
四处，生存散落如野菊的花粉

而我多渴望这时你走来，手里拿着
一束麦穗，咕哝着，像一位神农氏

返回林边的汽车坐在我们中间
白桦闪耀。是你吗？

秋声赋

绵延的小兴安岭，向着俄罗斯
秋天给我一小勺蜜，我把它放回林中
储存在矢车菊的记忆里——
小黑熊晃来晃去到底是为了什么？
垂云扯着秋天大马戏团的帐篷
锣鼓喧天，从五营一路奔向满洲里
静谧，你编织的网可以用来献祭
鄂伦春人，你的鱼皮衣被什么划破了？
老虎避开我们，返回松软的栖息地
虫鸣将给它加冕，在落日金黄的宫殿
树脂什么时候凝成蓝色的琥珀
在腐殖土中，在煤层的锥形塔里
直到在你的脖颈上微微闪光？
松针向左、向右旋转，鬼针草的钩子
潜伏着，等待着一个莽撞的影子
湖的留声机，向田鼠播放一支催眠曲
但它不想睡，它掰开甜苞谷，用尖牙啃着
像一位笨拙的、幸福的隐士
因为爱，透明的、蚂蚱的内翅展开
如雨的拍击声打在细密的叶脉上
我驻足，我倾听，我越过蜘蛛的陷阱
林中，我要拜访的人还没有回来
沉重的松果悬在窗外，装饰着枝头
一个辽金时代的铜马坠子挂在门上

我摇响那铃铛，我惊扰了梅花鹿
并吓跑一群贪吃五味子果的夜鸫
你们，死去的蛾子，一封封夏天的来信
贴在玻璃灯罩上，似乎还在往里挤
无人能规劝那一声“啪”里的牺牲
“啪”的诀别，难道一点也不疼？

栖隐篇

土是净土，水如银
大地休息在收割后的静谧中
白昼的光在云中筑巢，翙翙其羽
天上的灵芝在听：翙翙翙
有一朵，唯一的一朵能起死回生
采药人吐纳彩霞，沐浴着甘露
独自返回崖边的棚屋，与蝙蝠为友
这有巢氏的后裔发誓，终其一生不入城市
鼹鼠从地下迷宫出来张望
人之境，临近云海与瀑布的奇境
野兔耳朵尖尖，引来桂花香
童子无事，晒书青石的门前
听涧水缓缓汇入池塘的水
聚藏，反光，回转，哪里也不流逝
百灵鸟的巧舌上滴落的歌为早晨加冕
围着炉灶，像一个烹调师
在火中的精魂凝结成真丹以前
九宫图，井圈磨着多少崩溃的耐心
一如遥远磨着行人日增的寂寞
一次次，失败的珠串无声地崩裂
偃月窥看他内热的腑脏
却不把他的疯狂递送
在门枢的转动中青山老去
芳草的气味年年弥漫

一个激烈的时代过去了
仗剑的少年游依稀远在辰极
比参须更长的眉毛垂下
绕着那炉子,向灶里添柴

术士郭璞

我预言了一个王朝的中兴与覆亡，
我也预言了自己的死：
在远离故乡的江南，
在阻止逆主起兵的当日正午
——毫无公正可言的正午，
我故意冒犯王敦，
为了顺从天命的巧安排。

我有五色笔，因而辞章华美，
我有术，不得已做了参军。
无人知道我的神机妙算里
藏有多少秘密的绝望。
瞧，闯祸的人来了，那冒失鬼，
那最不可测度的灾星，
毁了我的梦幻版图，帮助我
完成了一生中最伟大的错误。

2011

广陵散

我曾像神仙一样生活，在幽静的竹林。
我采药，钻研音乐与长生不老术，
我和朋友之间关于玄学的辩难，
影响了一个时代的风尚。

僭越者既不读书又不激赏手艺，
整日价只在对手的噩梦里厮杀，
随时准备踩着人肉的台阶登基，
究竟是什么蛇蝎盘踞在他的心底？

没有人对行将就木的事物说不，
昔日英才与弄臣共舞，
就如同在石崇的华宴上云集，
看美人被斩，以酒的名义。

我知道谣言将激怒一顶王冠，
我的辩护不为自己而是给了无辜者。
当着钟会的面，我自打铁，又能怎样？
让告密的领赏去，祝他逃得比灾星还快。

是的，我给吕巽写了绝交书，
死后仍将继续绝交，
如果他终生没有一次悔悟的话；
至于山涛，我与他对道的理解有所不同。

太学生，请告诉阮籍，来生我还要与他一道
饮酒，长啸，醉了像一座玉山倾颓，
醒来将养生进行到底，谈玄时
叫二流人物中的一流也插不上嘴。

孙登，似乎为了验证你预言的精确，
我被带到东市。三千人的请愿
也改变不了他们杀戮的决心。
我，嵇康，惟欠一死，又能怎样？

洛水湛湛，日影中的乌鸦嚷嚷，
冒充卜疑的贞父，落满了城楼。
死亡那最美的、莫须有的音乐，
把我的骨头像花烛一样越烧越旺了。

仰头饮尽——从刽子手手中接过的酒，
现在，就是现在，拿我的琴来！
我要弹奏一曲《广陵散》，
我要为千古之后制造一个绝响。

目送归鸿，手挥五弦，
今日我果真要远游南溟了吗？
袁孝尼啊，昭氏也不能让五音同时，
我没有教给你的，命运终将启示予你。

2012

多少椅子被我们在异乡坐破

有客盈门，说它叫沉默
——来呀，快住进我的心
宇宙亮出菲尼克斯光
轮椅上的目击者双手合十
恭候大驾光临

那不可说的，已游离开
游艇上，空座位和无人背靠背
盲井，不曾望穿你的眼？

海鸥与我定了盟誓
一个猛子扎向海床
一个字，孤零零，在书与书之间走钢丝
痛在掘进，从夜的两肋

多少椅子被我们在异乡坐破
多少云涌入飞机的舷窗
彗星眼，冰雹眼
你瞧着我，我也瞧你
来呀，瞧瞧那唯一的
风暴眼
我们前倾的坐姿
绑在脊椎的石化桅杆上

远——我们的铁门限

弥　留

——为纪念张枣而作

1

瓮形的孤舟，从
眼睛里的万水千山而来，
化成灰的心，你的归心，
在地球的那一面跳着。
痛，我们曾谈及的，
居住在里面。
痛也要烧成灰，宇宙灰。

来了，它也来了，
携带着脉冲的白矮星，
蓝光隐隐，箭步走来。
那脉冲像打了结的绳子，一圈套一圈，
从蟹状星云抛下。

别伸手去接！

当催眠师乌贼般逃之夭夭，
我请求你从惯性中转过身，
转向荷尔德林塔。

那边，在雪中，绕过黑森林，
你秘密的读书处；
绕过桥墩、塔影，一面
你曾给它戴上墨镜的盲墙；
更远些，绕过一座被绞杀的
钟，夕照的信号灯一闪，你就知道
归途已泊在眉睫之前。

你欠身，看了看周围，四大皆空。
镜子般满意于归还
千秋雪、万古愁。
我听见你，空白爷，
隐身于瓮中，
朝忙碌的波心打了个响指。

2

电话铃响起，像叫魂。
“喂，什么？是我死了？
不该这样让死亡猜谜？
更不该把痛苦浪费在乙醚中？”
你心想，原来弥留就是这样的啊，
原来太上感应的那只
搬运恍惚的蝴蝶，
就是鼓盆而歌的庄子。

与醉一样，你戒掉的梦
开始朝你的床边集结，攀登你

呼吸的云梯——它孤悬于上面
那浩渺无极的兜率天。那儿，
你在等待某个酋长模样的权威
从环状幽光中走出，
用不痛的月亮为你加冕。

多少销魂，多少恨，
你命名过、赞美过，
以诗歌的名义调遣过的远方，
为你搭起泪虹之门。
而窗前，痛的歌队偃旗息鼓，
空酒瓶般默立。
万里之外，有人在山中撞响了晨钟，
有人遇见你，艄公、职业咳嗽家，
边打招呼，边走向渡口。

此时一只鹤呼唤你摆渡到对岸：
“慢点，慢点，朝向这边”
她深情款款的一瞥让你认出她
——前来接你的、
化脉冲为元气的巫阳，
骑着云的老虎。
你跟上她。

看啊，乳名般亲密的下界，
橘子洲头
正憋着另一场雪呢。

2012

“耶稣在海拔 187 米的高处……”

——转述格拉克的一个梦

我看见他，那个受难的神，站在沙漠中间
一如在你的梦测量过的那地方
与他为我们预备好的国度接壤
丘陵微微隆起，附近的大凹坑显然不是格拿撒勒
因为没有桨声，也没有碧绿的湖水

土路如今铺上了柏油，一直铺到大马士革
一只鹈鹕从熊熊大火中逃生，在拥挤的难民车队上空
投下它瘦小的、哀哀啁啾的影子
响尾蛇逃了，尾巴的手术刀切开沙的皮肤
就在你梦的终端，那个神开始布道了

2012/8

长得像夸父的人

他没有飞出窗去追赶那火轮
像那位长着飞毛腿的祖先
他坐在房间里
在一根桃树枝上消磨下午的时光
——为周末的郊游做一根手杖
他不知道桃树枝曾经是他祖先的一根手杖
曾经被傲慢和野心施了魔咒
他削得很慢
面对那善变的木头小心翼翼
由于他的慢,太阳也慢了下来
像一只好奇的灯笼飘进窗子里
外面,子弹列车疾驶而过
他继续削着那根手杖
在二十一世纪的某个黄昏

2013/1/18

忆故人

我牵挂的客人披着雪斗篷，
说他来自某个久远，
从寒武纪，从伯吉斯页岩
和刺胞动物的嘴，
经历了最凄苦的流亡。
说他是我的同族，长着与我
相似的颅骨，浓浓的，纠在一起的眉毛。
（声音柔美胜似当初）
我请他坐下，谈谈，
他脱口说出醉人的话语：

雪普降的天下盐
我抽象地尝了尝。我的舌头纯化了
人对世界的终极评价
——甜。
夸克，那只虚空的核桃，
我剥开它，
宇宙的心，就在黑云母的
心中怦怦跳。
鹤，我的姐妹，
刚洗了澡，喷了点
彩虹牌香水，
正在夕照的那边等着。
我宁愿赤足蹈雪，

也不要伪装成真理
混入永恒。

有福的人哪，勾魂家，
不可测度的亲人，
在元诗矿山上熬炼着
云、药片和沥青铀里的女巫，
他走过的离乡路迤逦在长庚星的望远镜里。
我问他那边的清凉世界有什么不同，
雪花是否呼啸，如酩酊的蝴蝶？
他缄默不语，并起身告别，
四周顿时弥漫奇异的薄荷香。
而话语的余温如三叶虫的眼皮，
将埋入颅骨的脉状矿床下，
封存在乌有乡的失物招领处。
更多留给死亡破解的字谜，
漂浮着，被误解，被流传，
在大江南北。

古城的街

城楼是新的，在夜里仿佛蜃楼，
明朝的灰砖黑如漾濞的核桃。
我想，窑夫中的某一个可能就来自漾濞，
但石碑上你将找不到他的名字。
几世纪之后，送葬的行列
依旧吹吹打打，穿街而过，
隐没在后山的松树林里。
死者将在雪被下长眠
而老人们相信，野菊会将死后的乡愁
投入水中，不断地送回灵魂
那雨后田野的气味。
我在博爱路上散步，几乎每天如此。
高山榕树的阔叶下方，游人
打着盹，如乘坐过山车的梦游者，
除了空气，他们不留下任何踪迹。
一只长得像鹦鹉的啄木鸟
正在树身上旁若无人地敲打，
我喜欢看它歪着脑袋，专心听诊的样子，
它小小的头冠美过护士的头巾。
天气多变如忙碌的蜂巢，
你一旦望见云从玉局峰升起，
你就会听到风在墙洞和瓦楞间
吹响的口哨。风摇动成排对开的花窗，
不由分说地，八月的雨点越过堤坝，

瞬间就用一座墨池取代了水塘。
漫长的午后，仙人掌肥胖的刺
刺激着阴影处的一只壁虎，
而屋脊上两只狭路相逢的猫，
竖起尾巴的旌旗，对峙着，
忘记了脚下正展开同一个自我的深渊。
银匠的铁砧上，一只淬过火的手镯
像一只梦见嫩叶的蚕醒来。
乳扇和烧烤的芳香令我垂涎，
而一然堂的诵经声追上我，对我说：
别以为你能得救，只要还有一头牛被宰杀。
抱着水烟筒的小业主坐在
昏暗的杂货铺里看电视。
战争纪念日：一架美军飞虎队战机擦过
高黎贡山的悬崖坠落。
机翼上夕阳最后的反光。
一个腰佩藏刀，黝黑的康巴汉子，
眼眸里跳着两只小鹿，
摇着转经筒走下人民路
（曾经的进香者之路，官员经此必须下马）。
火把节刚过，昨夜的灰烬
继续在街头狂欢。
垃圾车的小喇叭反复播放着一支
六十年代的电影音乐，
似乎怀旧的水龙头已将荒诞与残酷冲刷干净。
云在头上翻卷而时间终止于
一眼深不可测的水井。
从三月街赶集归来，

白族老太太像本地信仰中的北斗之母，
高声大笑着，踏着禹步下凡，
她背篓里的兰草。初生蝌蚪的羞涩。
一个外国人架起土制照相机，拍下这一幕，
一声咔嚓，落日便点燃了屋顶上的火烧云。
我登上钟楼，深深地呼吸，
天上飘动一天中的四季。
我的目光放牧着四周的宁静，
曼陀罗花华美的锦缎
被一声尖叫撕裂。

读《南诏野史》[①]

从哀牢山到蒙舍川，
致幻的光之纺锤织着
龙骨般隆起的山脊。
细奴罗躬耕时望见的那朵五彩云，
被用来命名这片明亮的土地。

吞灭五诏的火，浪人烧铸毒槊刀的火，
忽必烈和朱元璋的火，
都已熄灭，唯有星回节的火把
在一代代男人和女人手上高举，
火中的阿南守住了贞洁。

异牟寻的雪峰长城逶迤于崇山峻岭，
无人知道它何时神秘地失踪。
如此多的城池——太和城、白崖睑城、
紫色的羊苴咩，如此多的泉水穿城而过，
唐将李泌葬身其中的一条。

十六国来朝的旗幡飘过崇圣寺三塔，
十二山神的威力统御着新册封的五岳，
飞天既能助战又擅长龟兹古乐。
什么罕见的习俗将仇敌当神明供奉？

---

① 《南诏野史》，明人杨慎编辑。

《南蛮传》中的猓猡比文明人更懂得融合。

间谍化身蝴蝶，斩蛇者飞升龙王，
如此多的灵异像野草疯长。
春登堤，云津桥，任天明皇帝载酒游狎，
他遭到废黜因失魂于同名的花朵，
呜呼！一部春秋等同于民间传说。

你离开了囚禁过你的美丽国度

——悼曼德拉

雾霾沉沉，包围着
散发硫磺气味的城市，
似乎一个毒气室在哀悼远方的气候。
我在高速列车上读到：你已长眠。
照片中的你：笑着，
一个史前人的笑，宽恕了
苦难落在你头上的雪。

你离开了囚禁过你的美丽国度。
那里，隔离圈的符咒
已经解除，蝮蛇蜕了皮，
已餍足地游走。
你在采石的囚徒中间，
抬起头来——
一个亡魂酋长，
满脸涂着未来的血，在笑。

你曾经像摩西，
与看不见的法老斗法，
你赢了英国人边沁，
用比四分之一世纪更耐久的脚力，
你走出
火山的圆形也自愧弗如的

炼狱之塔、惨绝人寰的
锥心之塔。

观光客来到罗本岛，
想戴一戴大海蓝色的刑枷，
试着找到卡列班的影子，
但他们大错特错了。
金矿主的黑色望远镜长了绿毛，
里面，被叫做苍蝇的班图人
用细长的腿跳舞，
达姆鼓咚咚，来自好望角。

……列车闯入
比夜幕更深的雾霾，
听不见星星播放的悼亡曲。
人们戴着口罩，
茫然于比死者更无家可归。
你离开了囚禁过你的美丽国度，
一根铁栅做了你的桅杆，
带着你的笑，向北，向东，
你抵达某个
与醒来的扁桃叶韵的
开端。

2013/12

雪窦山观雪

悬水三十仞，像一个恐高症
它不跌落，你只有仰脖
用悠然测量它的高度
说不出它的极简
制造出几种危险

它的无声，不增不减
水循环水，龙或跃于渊
或隐于潭，还不到吓唬你的时候
蛹忘记了自己，做着一个蝴蝶梦
一天酷似一万年

不见雪窦，唯有漫天鹤
落向你，想在你身上筑巢
沿着剡溪，谁放飞了逍遥？
洞府里藏着一个桃花源的气候
谁若想拿云就不要伸出手

石头立雪，老虎转山
枯树凋梅，无非道侣
一个癫僧在雪地上写下语录
另一个背着布袋踢踏跳舞
哈哈大笑你脸上的劳迹

一只重显禅师诗中的兔子
站在古道上将你迎候
它要考一考你，怎样用脚踵呼吸
童子一前一后，下山去送信
寺钟震落了树冠上的晚晴

2013/10/11 改旧作
2014/3/19　再改